# procura do romance

# procura do romance
## julián fuks

EDITORA RECORD
RIO DE JANEIRO • SÃO PAULO
2011

CIP-BRASIL. CATALOGAÇÃO-NA-FONTE
SINDICATO NACIONAL DOS EDITORES DE LIVROS, RJ

        Fuks, Julián
F972p    Procura do romance / Julián Fuks. – Rio de Janeiro:
        Record, 2011.

        ISBN 978-85-01-09474-2

        1. Romance brasileiro. I. Título.

11-5652.                                   CDD: 869.93
                                         CDU: 821.134.3(81)-3

Copyright © Julián Fuks, 2011

Capa: Felipe Braga

Texto revisado segundo o novo Acordo Ortográfico da Língua Portuguesa

Direitos exclusivos desta edição reservados pela
EDITORA RECORD LTDA.
Rua Argentina 171 – 20921-380 – Rio de Janeiro, RJ – Tel.: 2585-2000

Impresso no Brasil

ISBN 978-85-01-09474-2

Seja um leitor preferencial Record.
Cadastre-se e receba informações sobre nossos
lançamentos e nossas promoções.

Atendimento e venda direta ao leitor:
mdireto@record.com.br ou (21) 2585-2002.

EDITORA AFILIADA

*À Fezica, em quem encontrei
o romance cálido,
o romance límpido,
o romance que não coube aqui.*

# 1

— ¿*Trajiste la llave?*
Pergunta-lhe a porteira, mantendo o tronco rijo e apressando as pequeninas pernas na direção do sujeito que vai se encerrar, taciturno, no elevador. Incapaz de antever a chegada dela e de adivinhar a iminência da pergunta, o sujeito, de mala a tiracolo, iniciou o movimento repetido de fechar as grades do elevador antigo e só vai lhe dar atenção mais tarde, quando terminado o procedimento bruto que empreendeu e dissipado seu ruído intrusivo. Tendo estabelecido entre eles uma barreira dupla de metal, que só não se assemelha à de uma prisão por se constituir de ferros entrelaçados, e não paralelos, ele por fim pode responder: mas não responde. Limita-se a mover a cabeça de cima a baixo uma única vez e, sem entender a própria pressa e a habilidade com que põe a máquina a funcionar, pressiona com força exata o botão do quinto andar.

A expressão de susto que, no rosto dela, antes se deixou divisar dá lugar aos poucos a um intrincado franzir de peles que apenas pode indicar um acréscimo de foco e concentração. A testa estremece com a aproximação das sobrancelhas, um olho se aperta promovendo cortes superiores e inferiores nas curvas da íris, os lábios descolados sutilmente se enrijecem. Antes que irrompa o irrevogável movimento ascendente, todo aquele rosto, esfacelado pelos ferros que o atravessam, confabula para que se deixe entrever um nítido estranhamento. Quando o rosto desaparece, é a vez do corpo diminuto que o sustenta sofrer um achatamento drástico até sumir atrás da barreira de ferro cada vez mais espessa, tanto mais se amplia a inclinação.

Em segundos ele está só, apto a observar o mosaico de luzes e sombras provocado pelo deslocamento de uma das grades sobre as outras. Apto a julgar que tal geometria, de sucessivos triângulos, losangos e uma outra forma fixa cujo nome não aprendeu, de maneira inevitável obedece a um sistema complexo, porém reiterativo, de variações. Apto a supor que, fosse ele mais dado às ciências exatas ou à apreensão das vicissitudes do universo, poderia diferenciar cada um dos princípios e fins de tal processo, dividido em cinco grandes períodos a essa altura esgotados.

Ainda entregue a tais cálculos, sai do elevador e se vê postado em frente à porta do apartamento, perguntando a si mesmo se em outro tempo ela já era assim, composta de vinte vidros brancos que não deixam traspassar qualquer imagem, mas sim alguma luz. Descrente de que poderá encontrar em sua memória a resposta, confia a mão ao que lhe cabe e empunha a chave, que se imobiliza um segundo no ar enquanto ele, por inútil instinto, como para garantir que ninguém o segue, lança o olhar sobre o ombro direito. Depara-se com uma nova porta de vinte vidros, a porta da escada, e o raciocínio que lhe sobreveio no elevador obtém uma continuidade: enclausurou-se, nesse ínterim, em um novo sistema de luzes e sombras, reproduções e desvios regidos pela lógica, mas uma lógica cujas normas jamais dominará. Cada um dos vidros foscos confronta-se com outro e oferece sua parcela de reflexão, de modo que o corpo dele tomado no centro torna-se vítima de um sem-número de repetições, ora de frente, ora de costas, que só existem e só não se admitem ao infinito porque deve haver entre as portas algum desalinho imperceptível. E o homem, além de não poder assimilar em sua plenitude tal efeito, também não pode atestá-lo porque os obscuros reflexos, à luz tão parca, quase não se veem.

O incômodo que lhe produz a situação é sutil demais para que persista no momento em que a mão conclui seu serviço e as pernas terminam de conduzi-lo adentro. Agora, o saber que guarda desse espaço já não se credita a algum registro de seus membros, senão a uma curta série de imagens que há muito vêm habitando sua mente. Nesse apartamento bonaerense ele passou dois anos remotos da infância, o que lhe concede, entre outras minúcias que não quer explorar, alguma reminiscência de sua arquitetura: é circular — ao menos tão circular quanto pode ser um apartamento. Tal noção não decorre de uma precoce consciência espacial do menino que ele foi naquela época, e sim da lembrança nítida de como passava horas, ou o tempo que é preciso passar para que um menino sinta que se passaram horas, correndo a toda velocidade e atravessando os cômodos diversos. Recorda, e lhe parece estranho que pudesse esquecer algo dessa ordem, que numa dessas corridas escorregou e estrondeou a cabeça contra a quina da mesa de mármore, acidente que lhe acarretou a respeitável soma de três pontos na fronte. Como essa é a única marca do acaso gravada em sua pele, a única cicatriz crivada em sua carne, a incisão deve ter lhe suscitado a dor maior de toda a sua vida. Como se fosse outro, e não ele, quem se dá conta da evidência, o homem se envergonha da ninharia de ocorrências que o distinguem, da ausência de aventura que marca sua existência, e seu rosto até enrubesce.

Sem planejar, dá dois passos para a direita e efetua um giro de corpo que o coloca à porta da cozinha, encontrando o interruptor e estalando-o, brindando com a lenta emersão da mesa os olhos que se adéquam. Enquanto parte até a quina aludida põe-se a pensar se, num nível microscópico, quase além do físico, algum resquício de seu sangue ainda poderia estar naquele mármore, resistindo a limpezas sucessivas, a novos talhos e pancadas, a novos choques contra outros corpos, enfim, à passagem dos anos. Mas tão depressa o questionamento se mostra insensato que ele se desinteressa a meio caminho, corrigindo-se em novo giro e percorrendo o espaço transposto, abrigando-se de volta junto à entrada.

Só nesse momento toma a iniciativa de deitar no chão a mala que pesa em suas costas e o mantém curvado, e o alívio que sente após esse ato é tão agradável quanto fugaz. Desenredou-se de uma carga que limitava seus empenhos, está livre para esquadrinhar a casa como bem deseje, mas com fastio verifica em si mesmo um injustificável arrependimento. O reconhecimento completo desse território histórico exigiria um mínimo de organização ritual, que ele transgrediu ao deixar seu ímpeto guiá-lo a um local aleatório. Sem outra opção senão desta vez assegurar-se do comando, sacode a cabeça para se desfazer do remorso e segue no sentido contrário, mergulhando na escuridão do próximo cômodo.

Sem que o pudesse prever, deixa-se absorver por um breu mais absoluto que os anteriores e repara nos braços inertes colados ao torso, desobedientes a qualquer mecanismo que os libere de tal condição. É com determinação que projeta as mãos contra o vazio, apalpando a inanidade do ar até que ambas acolhem, em coincidência, o toque áspero e frio de uma parede. Arrasta-as com algum vagar pela superfície, espalmadas ao máximo para ampliar as possibilidades de contato, e é nesse gesto que chega a apreender e logo compreender a sensação boa que lhe provê seu atual estado. Anular os outros sentidos e confiar agora apenas no tato, concentrando na ponta dos dedos sua capacidade perceptiva, é o rigoroso gradualismo e o ritual arcaico a que antes almejava. Se, no entanto, se interrompesse para conjeturar, saberia quanto essa concepção é equivocada: ter sido privado da visão o acomete de tal desconcerto que ele nem mesmo adverte que, desde o primeiro lampejo nesse apartamento, seu olfato vem trabalhando ligeiro e remetendo ao cérebro uma infinidade de elementos, decerto relevantes, sobre esse espaço ancestral a que seu corpo já não esperava se submeter.

Talvez esteja relacionado a isso o medo que acelera as batidas em seu peito e faz com que as mãos transitem um tanto mais anárquicas pela parede, ainda à procura de um interruptor, de algum fio que conduza a uma luminária qualquer ou de uma maçaneta que o habilite a outro ambiente onde, quem sabe, o corpo há de reaver a desenvoltura de antes. Mas demora alguns segundos até que um desses acontecimentos intercepte a oscilação dos dedos, e são suficientes para que o breu vá se tornando mais espesso, como se adquirisse solidez e se impingisse contra os olhos do sujeito. Era o que lhe ocorria num passado longínquo — a memória aciona-se de improviso — quando ele se liberava de um estado anterior ao sono e percebia que a mãe, que sempre o ninava para que dormisse, já o abandonara. A agonia que sentia é a mesma que ora sente e, ainda que não seja criança e entenda bem que nada habita a escuridão, ou nada que possa lhe oferecer qualquer risco, a atitude que toma para se livrar do medo é também a mesma: gira as mãos num ritmo tão acelerado quanto o de seu coração, a um só tempo escudando-se de qualquer abordagem alheia e buscando a maneira de anular a turvação. A tática que nunca falhou ao menino não falhará nesta ocasião: uma das mãos enfim esbarra num fio e o persegue até o interruptor, de onde mais um impulso se desprende e alcança a lâmpada suavizada pelo abajur, que por sua vez restitui ao ambiente a calmaria da convicção de que não se está sob ameaça alguma.

De repente, então, como se o tempo de um segundo antes se tornasse subitamente pretérito, o homem se vislumbra parado de pés juntos, com o peito mais inchado do que lhe é habitual e os braços pendidos até a altura dos bolsos. À sua volta três portas fechadas se perfilam, e é como se ele estivesse num estúpido programa de auditório, estimulado por mudas palmas e silentes alaridos a escolher uma delas. Uma comparação imprecisa, é claro, porque ignora o fato de ele saber com razoável certeza o que há detrás das portas. A da direita leva a um curto corredor e logo à grande suíte, as maiores ressalvas à ideia de se tratar de um apartamento em círculo. A do meio é a do quarto onde ele fruía seus minutos antes de dormir, apreciando a mão da mãe junto à sua e, por vezes, acariciando o lóbulo da orelha dela — de suas partes acessíveis, a mais macia e flexível. A da esquerda conduz a um terceiro hall e, por ordem, em seguida, à ampla sala e à comprida sala de jantar que se interliga à cozinha, esse o percurso exato que por horas suas pernas perfaziam, dia após dia, ao longo de dois anos inteiros — afinal, o acidente em que se envolveu durante a brincadeira, menos que amedrontá-lo, serviu para aumentar seu interesse nela, embora a indesejável prudência o obrigasse a reduzir o ímpeto no ponto em que aquela vez derrapara.

Titubeando menos do que costumam titubear os infelizes participantes dos programas de auditório, opta por esta terceira porta, que, mais pesada do que se lembrava seu punho, imprime alguma resistência e exige que ele implique no esforço também o peso dos ombros, arqueando o tronco e atravessando o batente com a pose de quem confirma se pode. Não chega a pensá-lo, mas tal pose decorre menos da resistência das dobradiças que de um hábito que era obrigado a preservar quando menino, num tempo em que aquele era o acesso a um mundo onde os adultos eram os frequentadores quase exclusivos, com seus trajes impecáveis e os copos cheios tilintando pelo choque do gelo contra o vidro fino — um tinido específico que, sem que ele saiba, ainda o transporta àquele espaço e àquele período. Às crianças, afora os momentos em que a casa estava vazia e podiam se instalar sem pudor, cabia visitar aquela metade do apartamento tão solenes quanto possível, mais discretas até que os adultos, estes de quando em quando propensos a levantar os copos e a voz, para susto, surpresa ou riso. É com um comedimento anacrônico, então, que chega ao outro lado, capacitado a observar o cenário pela luz noturna que entra da rua, transpõe duas janelas e duas cortinas e colide débil contra os volumes.

Sente sombria a paisagem que se apresenta à vista e pela primeira vez dá-se conta da precisão de tal palavra: a associação dessa característica ao assustador, ou mesmo ao sinistro, não provém da dose de escuridão que ela sugere, e sim da necessária existência de uma luz fraquejante, que permite o vislumbre da superfície dos objetos, mas jamais o que está embaixo, atrás ou — precisamente — ensombrecido por eles. Tem diante de si uma velha escrivaninha, uma pequena cômoda, o piano sem cauda, sendo todos grandes pedaços de madeira cujos vincos a luz desvela, mas desprovidos de pernas ou apoios que os sustentem. Debaixo deles o breu é imperscrutável e de novo ganha solidez, como se algo além de pernas ou apoios o constituísse e como se esse algo conformasse um perigoso poder consistente no fato de não estar exposto. Tem consciência da infantilidade do temor que o comprime, em intermináveis veladas aprendeu a lidar com essas ameaças imaginárias, mas não pode senão sucumbir à mesma reação do passado: despenhar-se. Apressa os passos e encurta a visita, chegando à sala sem parar para acender a luz e sem se deter como fez nas outras entradas.

Agora está se deixando levar, o pescoço rígido impossibilitando qualquer olhar que se afaste de um eixo central, mas a atenção incapaz de negligenciar os objetos que se anunciam na periferia da visão: um sofá e duas poltronas que ele sabe de veludo vermelho, uma mesinha sob a qual se empilham jornais e revistas, uma lareira que vaticina um amplo túnel que sempre temeu, arandelas, enfeites, cortinas e dois grandes retratos pendurados à parede, retratos que, distorcidos pelo ângulo e pela pressa, ganham contornos mais imprecisos e mais sinistros. Detrás de uma cortina pensa ter surpreendido um vulto e lhe assalta um velho dilema, indeciso entre fitar o pano tumefato para se certificar do que não viu, ou virar o rosto e contar com a pacificação racional que efetivará como ato contínuo. Por mais de um segundo detém o olhar no tecido, receoso de se aproximar e analisar o duvidoso volume, e sem chegar a um juízo dá continuidade aos passos que investia, embora ainda ciente de que algo o perturba. Tal como a linha invisível que seus pés vêm traçando no piso, as paredes apresentam uma acentuada curvatura para a esquerda, impedindo que de algum ponto da sala se possa ver sua completude, pois aos olhos de quem a ocupa sempre haverá um canto obstruído: ao percorrê-la de um extremo a outro, uma nova parte sempre irá se insurgindo gradualmente à medida que outra se acoberta às costas e desvanece, e o ocupante assustadiço poderá ter a impressão de que algo lhe está fugindo — neste caso, em direção à sala de jantar.

Aqui, mais uma vez, o relance de uma forma negra e fugidia o obriga a interromper o trajeto, antes de por fim render-se ao capricho de precipitar a passagem. Na parede dianteira, que ostenta um espelho, um novo vulto se fez partícipe como uma sombra imprevista, desaparecendo e voltando a aparecer quando ele se postou à sua frente, em ângulo reto. Verificando que no instante presente tudo ao seu redor está imóvel, fazendo presunções a partir do silêncio que invadia e invade seus ouvidos, silêncio ainda mais evidente por não dispor do arrastar de seus sapatos sobre o tapete, só pode concluir que se tratava de seu próprio reflexo, que o assombrou apenas porque ele não notara a presença do espelho. Estimando que a figura de agora, semelhante à de antes, é formada por um pedaço de tronco humano que se inicia à altura do umbigo, justifica para si mesmo o fato de não ter antevisto a cena: o menino não conseguiria se enxergar naquele espelho, estando para ele o reflexo reduzido ao lustre de velas várias e ao teto branco — natural que não lhe desse importância e que essa não conste entre suas limitadas lembranças.

Mas não adianta. Imerso em uma precisa proporção de luz e sombra, vítima do bulício específico de suas solas sobre o tecido áspero, invadido pela umidade e pela poeira que se conjugam a odores antigos e já rendido a incontáveis trejeitos e procedimentos de outro tempo, nenhuma racionalização que desempenhe ali o poupará das palpitações nebulosas que se fazem constantes em seu corpo. Abandona então a contenção que sempre concebeu como marca de seu caráter, abandona a autocrítica que bloqueia suas ações intempestivas, ignora os raciocínios mais desordenados que teimam em se proceder em sua mente e se põe a caminhar a passos rápidos, arremetendo o ombro contra a porta que se apresenta à esquerda, tendo seus olhos fustigados pela alvura da cozinha, calculando por puro instinto a desaceleração necessária ao trânsito rente à mesa, apanhando, sem ladear os pés, a mala caída, chegando ao hall onde antes seu corpo penou para encontrar saída e por fim abrindo a porta do meio, que talvez lhe tivesse sido mais indicada.

Em uma escuridão que não saberia definir se nova ou antiga, limita-se a pousar a mala no chão sem abri-la, a levantar a colcha da cama que adivinha ao lado e a agradecer a existência de lençóis que a fricção dos dedos termina por julgar limpos. Descalçando os sapatos ao mesmo ritmo em que se desvencilha de cada manga do casaco, logo os substitui pela brecha que abriu entre as roupas de cama e entrega o pescoço ainda rijo ao travesseiro. Quando o breu começa a ganhar solidez e as mãos prensadas junto ao corpo dão conta da falta de outras mãos ou de qualquer lóbulo, quando se torna indubitavelmente presente o fato de que seu hálito é a única calidez naquele dormitório, tudo o que faz é fechar os olhos e deixar que a escuridão vá se povoando de outros fantasmas inofensivos, fragmentos de lembranças que dançam e não se deixam apreender, labirintos de imagens em que vai se imiscuindo até não encontrar mais volta.

# 2

Por horas a luz do sol trabalhou sua entrada através de cada janela, fenda ou fresta do edifício, tornando-se quase ubíqua e de procedência indistinta quando incide sobre o corpo de Sebastián. De novo enclaustrado no mesmo elevador, sua atenção está voltada para os matizes diferentes que a iluminação assume entre aquele e este momento, em uma observação que lhe serve apenas para justificar o que decidiu de antemão: será o outro o ponto de partida para sua empreitada, visto que a luz instável da madrugada — com sua indecisão entre vedar, velar e revelar — é muito mais apropriada para preservar os inauditos necessários a um início de romance do que esta luz que tudo dá a ver e, pior, com uma homogeneidade indiscriminada. Além disso, não haveria por que alterar tanto as circunstâncias das ocorrências reais, levando em conta que o fator que mais lhe interessa no episódio da noite anterior são as palavras que a porteira proferiu e, quem sabe, um e outro anseio, reminiscência ou reflexão que a elas se seguiram.

Sim, as palavras *trajiste la llave* lhe parecem significativas o bastante para serem as primeiras de sua história, sobretudo pela curiosa referência a Drummond, adaptada com justiça ao espanhol e sem dúvida isenta de qualquer intenção da pessoa que a operou. Pergunta-se, todavia, se tal remissão não viria a ser óbvia demais para o leitor erudito, que de partida teria à sua disposição um argumento inconteste sobre a pobreza criativa do autor, ou mesmo sobre a escassez de seu repertório de leituras. Uma solução, cogita, seria maquiar a referência e a um só tempo enriquecê-la, inserindo na boca da mulher um *¿Has traido la llave?* ou trocando a forma de tratamento e passando a utilizar *¿Usted ha traido la llave?*. Qualquer uma dessas formulações cumpriria a função semântica almejada e ainda acrescentaria uma instigante ambiguidade, considerando que as palavras ditas em espanhol estariam atingindo ouvidos mais afeitos ao português. O caso é, no entanto, que nenhuma das formas lhe soa natural o bastante para uma primeira frase e, afinal, vale pensar, talvez ambas estejam distantes demais do original para realizar qualquer alusão.

Quando volta a apertar o botão do quinto andar, a indecisão o toma por completo e lhe exige um grande esforço na busca por soluções, que ele empreende com os olhos fechados e a mão esquerda cobrindo a testa numa posição um tanto artificial, que o impossibilita de assistir ao espetáculo geométrico do elevador e de rememorar toda a reflexão. Como se obedecessem à inércia, suas pálpebras se levantam no exato instante em que o movimento ascendente se interrompe, e ele tem à frente acesso direto ao apartamento, pois ao sair deixou a porta aberta sabendo que retornaria minutos depois. Enquanto transpõe o batente, empunha a maçaneta e fecha a porta, nenhum pensamento lhe sobrevém e Sebastián não sabe que está trancando para fora a lembrança de mais um raciocínio que poderia julgar interessante para o livro que quer escrever.

De costas para os vinte vidros retangulares, inspira longamente e sente em si mesmo a duplicidade entre autor e personagem. Tem a difícil tarefa de decidir o rumo que seu protagonista irá tomar e já descartou deixar que o conduza qualquer impulso corporal: na literatura — diferente da realidade — cada ato, cada gesto, cada objeto, para além dos termos que se empregue em descrevê-los, deve encerrar seu sentido numa caixa que se creia inviolável e que, necessariamente, não o seja. Deixar o sujeito inominado perambular com liberdade seria, portanto, demasiado imprudente, para não dizer que consistiria numa primeira desatenção a seus princípios, isto é, uma primeira concessão ao fracasso. A não ser que quisesse caracterizar o personagem como um desses andarilhos errantes desdenhosos do cenário e de tudo o que os circunda, dos quais, contudo, como se sabe e em detrimento da vontade dos leitores, a criação ficcional parece saturada. Não, não é da natureza de seu personagem esse tipo de comportamento e tampouco seria de seu feitio dirigir-se a um lugar preciso dotado de significado prévio, como ele fez na noite anterior ao caminhar, logo da chegada, quase até a quina da mesa de mármore. Melhor seria colocá-lo a habitar por um tempo indissoluto o apartamento, fazer dele uma morada que o leitor julgue indiferente, quase universal, e só então começar a dotá-lo da importância específica que tem.

Por um segundo contente por ter refutado o impulso de outrora, Sebastián deixa que seu corpo se arqueie para a esquerda até a planta do pé direito quase se descolar do chão, mas logo volta a assentá-la, acometido por um novo juízo que requer detenção: com relação ao enredo, convém proceder de maneira semelhante. Seria um equívoco explicitar de cara que se trata do apartamento em que o sujeito morou por dois anos em sua infância, e que logo abandonou ao ter de acompanhar a renovada decisão de seus pais de ir morar no Brasil, pois isso permitiria uma imediata redução de argumento e a possibilidade de uma sinopse, amiúde desinteressante. Num romance, pondera Sebastián, a história tem de ser a mais desprezível das contingências e deve se revelar nos interstícios da linguagem, da maneira mais discreta quanto possível. Se e quando necessária, o narrador deve contá-la desempenhando a máxima virtude da síntese, como quem pede perdão pela digressão.

Posto isso, ciente de que por enquanto convém deixar de lado lucubrações teóricas, Sebastián realiza um breve e automático meneio de cabeça, de um lado para o outro, e logo se põe a meditar sobre o problema mais premente: sabe que não pode deixar seu personagem permanecer ali, estático e com os olhos pregados na parede branca, sob o risco de perder a tão requisitada verossimilhança. Ninguém que chega a um apartamento em plena madrugada, exaurido por três horas de aeroporto e outras três num incômodo avião, com os ombros doídos pela mala que carrega e que contém todas as roupas que vestirá nos próximos dias e uma quantidade excessiva de livros que decerto nem irá tocar, fica parado em frente à porta de entrada sem efetuar qualquer movimento a não ser o dos errabundos pensamentos. A consciência de que é preciso dar um rumo ao personagem, de que essa já duvidosa existência se esvairia se ele permanecesse inerte e impedisse a construção da trama ao fluir dos verbos, domina os pensamentos de Sebastián e, contraditoriamente, ratifica sua incerteza.

Num ímpeto racionalista e organizador, então, põe-se a revisar as possibilidades que teria seu personagem a partir desse momento, a começar pela bifurcação que tem diante de si e seguindo por todos os oito cômodos que ele poderia invadir, sempre com decisão suficiente para que não desse a impressão do casual e arbitrário, mas respeitando o limite de determinação que acarretaria para qualquer atitude um excesso de significado, como antes estabeleceu. Ignorando este em que agora se encontra, são dois halls, dois quartos, duas salas, a cozinha e o banheiro, nos quais ele poderia situar o sujeito por meio de uma breve elipse de fácil execução, ou pelos quais poderia colocá-lo a circular, à semelhança do que ele próprio fez na noite que lhe serve de referência. Em cada um desses espaços, um novo percalço poderia vir à tona servindo de estopim para um conjunto de ações, impulsos inconscientes, rememorações e raciocínios, vagos por conveniência.

Em um canto ocluso do quarto menor, imagina, o sujeito poderia encontrar um baú destrancado e, dentro dele, uma caixa com todos os empoeirados cadernos e materiais escolares de sua infância, remetendo com discrição ao que supõe serem suas primeiras incursões matemáticas e literárias. Postado na ampla sala, poderia se paralisar diante do retrato do avô, procurando com obsessão na linha curva do nariz dele, ou no olhar que se perde no vazio sem descuidar a concentração, o anúncio do que viriam a ser seu nariz e seus olhos; ou buscando, também, no prenúncio de rugas da pele dele o que um dia virão a ser suas próprias rugas, desentranhando assim outro tempo que porventura incorra em tenaz repetição. Na suíte principal, poderia encontrar a cama em que sua mãe passou meses revirando-se em intervalos regulares depois do acidente a cavalo que quase a invalidou.

Tendo chegado com facilidade a este terceiro item, Sebastián sabe que seria capaz de estender ainda mais a lista, mas não o faz por já ter total noção da inutilidade do procedimento: qualquer um desses episódios, muito embora válido para um romance em estágio avançado, nesse momento consistiria em uma indubitável precipitação. É cedo para estabelecer que se trata da história de um aspirante a escritor, cedo para sugerir uma proximidade emblemática com a mãe e um possível trauma por compaixão, cedo para deixar patente que o enredo inclui uma busca e um reconhecimento, por identificação ou diferença, de seu passado e de suas origens. Cedo para arroubos estilísticos também, para as trocas inesperadas de narrador, para o capítulo inteiro escrito em longos parágrafos de uma única frase, para a sequência multifacética constituída aos moldes de um cubo mágico. Cedo. Melhor é se ater ao inócuo trajeto que percorreu horas atrás e, com a mais sutil das habilidades técnicas, driblar uma e outra descoberta que se apresente óbvia aos sentidos e, em consequência, de assimilação fácil demais.

A nova formulação teórica, um tanto espontânea e despretensiosa, satisfaz Sebastián de tal maneira que sua boca até deixa entrever um esboço de sorriso, como se ele se achasse alguém capaz de executar, na literatura, a jogada futebolística magistral que surge e se esvai em um lampejo de sua memória. O sorriso se desfaz quando ele toma consciência de uma das razões para a incontornável imobilidade de que se sabe vítima e que já não pode negar: a noite anterior, que ele sentira como tão passível à conversão em literatura e tão apropriada ao início do romance, nesse instante já se converteu em um borrão de imagens notavelmente inenarrável.

Submisso a um princípio de desespero, Sebastián fecha os olhos com vigor e de novo leva a mão à fronte. Situando-se mentalmente atrás das grades do elevador, tenta dar vazão a uma sequência cronológica impulsionada pela imagem ainda nítida do rosto da porteira destroçado pelos ferros, seguida de uma subida pelo elevador em que ele pensou algo sobre o poder opressivo que exercem sobre os homens os sistemas incompreensíveis, de uma caminhada impulsiva até a mesa de mármore e a consequente lembrança da cicatriz que ora pode sentir em sua testa, de um retorno ao mesmo lugar, o pousar da mala e o início de uma volta completa pelo apartamento, em que algum medo injustificado o acometeu a tal ponto que ele precisou se esconder debaixo dos lençóis. Abre os olhos e aguarda o tempo que suas pupilas levam para voltar a encolher. Está ainda ali, diante da parede branca, quando se consolida em sua mente a certeza do vazio que tem à disposição. Nada, ele não tem nada. Uma série de atitudes descompassadas, reações desinteressantes, ilações superficiais, mais nada. Nada que valha contar.

É com um misto de estranheza e aflição que acompanha como um observador externo cada um de seus próprios sapatos se deslocando sobre os azulejos quadrados, logo por tacos empoeirados e enfim por um piso de mármore insensivelmente frio, sem que se deparem com qualquer objeto intruso de que seja preciso desviar. Não toma a decisão concreta de se sentar, mas deixa seu corpo desabar na almofada do sofá, não sem antes colidir contra o braço duro, que aumenta o impacto da queda embora não produza qualquer dor. Ajeita-se com malemolência, um braço a empurrar o encosto até endireitar as costas, uma das solas alcançando o chão para fornecer algum apoio, o tronco se retorcendo em adaptação a cada uma dessas alterações até que, por fim, se imobiliza. A cabeça está um pouco mais inclinada do que aquela de seu avô, no retrato pendido a suas costas, mas o olhar, talvez concentrado, se perde por metros vazios na mesma direção.

# 3

— *S*os Sebastián, ¿no?

E a voz vacilante da porteira ecoa por todo o saguão octogonal, colidindo contra seus ouvidos sucessivas, sobrepostas, incontáveis vezes. O corpo atarracado e torto se encontra junto à porta, o pequeno braço estendendo-se com rapidez e abrindo o vão que possibilita a passagem. À sua frente, o acesso à rua está desimpedido e seria possível teatralizar uma incompreensão das palavras e acrescentar gestos que designassem pressa, mas ele sucumbe ao comedimento que lhe é inerente e, embora não desacelere os passos e não a mire nos olhos, se sente impelido a responder: "*Sí, el hijo de María.*" Arrepende-se de imediato, tanto pela afetação e pela infantilidade que depreende em seu próprio tom como por dar-se conta, tardiamente, da abertura para interação que existe em seu conteúdo. Aceita as palavras que se seguem com a consternação de quem sabe merecer o castigo: "*Ay, ¡que grande estás!*", ouve desprender-se dos lábios alheios quando os torsos se cruzam no espaço, o queixo dela alinhando-se quase à altura do umbigo dele. Sebastián escapa das reiterações que lhe impingiria o ambiente por estar já do lado de fora e contém o impulso de perscrutar a expressão da senhora, mas ainda assim é capaz de identificar o alívio contido naquela exclamação: nesse instante encerra-se o aflitivo estranhamento inaugurado nela por sua chegada anônima na madrugada anterior, e tal clausura é celebrada por uma familiaridade unilateral excessiva, incompatível com a relação que um dia possam ter travado.

O tempo que tarda para chegar a essa conclusão, ponderando cada variação de teor e formulação, é suficiente para que se afaste do edifício o bastante para duvidar de sua veracidade. Que pretensão querer adivinhar os pensamentos da porteira, tentar visualizá-la perdendo a noite em claro, num dormitório tão diminuto quanto seu corpo, a revirar os interstícios da memória em busca da imagem do mirrado rapazinho brasileiro que morou no quinto andar mais de quinze anos antes e, pior ainda, que pretensão julgar-se capaz de interpretar melhor que ela mesma seus interditos inconscientes em cada um dos momentos separados por poucas horas. Pelo contrário, se algum deles se encontra apto a fazer inferências de ordem pessoal a respeito do estranho que tinha diante de si, esse alguém é ela: se foi capaz de reconhecer-lhe o rosto deformado pelos ossos que só há poucos anos pararam de crescer sob a pele, se foi capaz de recordar-lhe o nome a partir de uma lista mental de todos os transeuntes moradores daqueles seis andares, nada impede que tenha à sua disposição, livre para resgate, uma nova série de informações sobre a personalidade do sujeito, e que esteja sendo coerente em lhe dedicar o tom de familiaridade que deu à sua última interjeição. Ou não, talvez todos os trunfos que poderia ter sobre ele tenham se esgotado naquele ínfimo diálogo, tendo ela a partir de agora de se limitar a cumprimentá-lo com o sorriso exagerado e o ar de distante intimidade, porventura cúmplice, que costumam dedicar os porteiros aos residentes fixos sob sua tutela.

Concentrado em tais análises justamente por sabê-las irresolutas, Sebastián deixa de registrar a passagem de três estranhos que com ele cruzaram antes de seguirem seus rumos. Não sabe, mas nos três casos obedeceu com precisão às normas universais estabelecidas para o convívio nas cidades, movimentando o corpo alguns centímetros para o lado e assim evitando qualquer possibilidade de colisão, e abaixando o olhar em direção aos próprios sapatos a uma distância ideal que não representasse nem um ensimesmamento incomum, nem um interesse excessivo pelo outro — algo em torno de dois metros, como definido por consenso e jamais registrado. Quando o quarto estranho se aproxima, uma jovem cujo sobretudo bege ultrapassa os joelhos e se une aos cabelos lisos e longos para transmitir a impressão de todo um corpo que se verticaliza, não é por notar sua beleza ou a semelhança com qualquer figura de Modigliani que a polidez não medida de Sebastián agora se mostra falha. Seu olhar se prende ao rosto dela, sim, mas por lhe provocar a sensação de um estranho reconhecimento, que ele demora pouco menos de um segundo para entender impossível e, só assim, descartar qualquer necessidade de cumprimento. A garota não deixa de perceber o olhar mais detido do que seria adequado e o retruca com um leve franzir dos lábios — que também falha em representar uma repreensão — e uma permissão a que as íris se desloquem para o extremo canto dos olhos, para verificar se o sujeito que passa persiste em sua transgressão.

Não persiste. Ele já está alguns metros adiante, avaliando retroativamente a maneira como a garota o teria enxergado, seu porte que mascara a tenra idade, o grosso casaco verde que veste dando ainda mais peso à barba cerrada e sem dúvida não seus traços, mas algo na lentidão vadia de seus passos quiçá revelando tratar-se de um estrangeiro. Saberia, a garota? Teria sentido seu intrusivo olhar de fato como o olhar de um intruso? Teria percebido em seu vagar a vacilação de quem não habita os lugares por onde caminha?

Não pode responder. No instante em que Sebastián tenta observar a si mesmo e analisar seus próprios trejeitos, algo no mecanismo que os vai dispondo um atrás do outro se perturba e seus movimentos se convertem em uma sucessão esquisita de gestos desconexos e um tanto desgovernados. No conjunto de movimentos que compõem um passo, começa a notar que lhe falta a oscilação pendular do braço direito, que ora permanece praticamente preso ao corpo, assistindo inerte ao seu semelhante que vai bastante atrás e centésimos de segundo mais tarde já se ergue à frente do corpo, alcançando um ângulo de quase vinte graus. Quando Sebastián tenta coordenar a ação do braço direito por meio de uma força empreendida de maneira consciente, percebe-se muito incapaz de copiar com perfeição a oscilação do esquerdo e até de fazê-los cruzar ao mesmo tempo por seus respectivos lados do corpo. Entrega-se ainda à suposição de estar com o tronco significativamente curvado para a direita, o que o faria incorrer em passos mais demorados com a perna esquerda e, quem sabe, aos olhos de um observador imparcial, até mancar.

A tão desejada naturalidade, compreende, a naturalidade com que gostaria de dotar cada um de seus gestos, cada meneio de cabeça ou percurso dos braços, e mesmo a que gostaria de legar ao seu personagem e em consequência ao seu romance, só é factível quando em total assincronia com o rumo de seus julgamentos críticos. Sim, essa seria uma premissa interessante, desde que, vale ressalvar, fosse possível uma avaliação posterior do resultado obtido, para evitar que um sujeito permanecesse mancando a vida inteira ignorante de que o faz, ou que um escritor apelasse às soluções fáceis que sua espontaneidade sempre teima em encontrar, e que não raras ocasiões são mera cópia, até empobrecida, do que alguma vez leu. Mas como raios ele pode saber se seu braço direito não estava paralisado, seu corpo curvado e seu passo claudicante no momento em que cruzou com a garota de sobretudo bege (que algo em seus pensamentos teima em alertar, decerto equivocado, chamar-se Paola) e, mais, no momento em que cruzou com os outros estranhos em que sequer reparou?

A pergunta que ele mesmo se coloca e que sabe retórica, que desde já entende como mero produto de um desespero passageiro resultante de algumas indefinições de preceitos teóricos, é posta de lado no instante em que lhe surge um novo elemento para reflexão, síntese de algumas das situações recém-vividas. Agora o estranho que se apresenta à frente, de ombro encostado na parede áspera de um prédio, é um menino escondido entre roupas largas e rasgadas, que lhe estende duas mãos em concha, "*dame una moneda*", revestidas por uma sujeira e dotadas de uma rudeza muito discrepantes de seu pequeno tamanho. A distância entre eles já é bastante mais reduzida do que seria a apropriada para baixar os olhos e ignorar, o que tampouco importa porque Sebastián sabe bem, por conhecimento empírico, que nesses casos o procedimento tem de ser outro, que não o que até então vinha empregando. É com um misto de controle mental dos atos e de entrega aos gestos mais instintivos e naturais, e por isso é que lhe sobrevém a ideia de síntese, que Sebastián deixa a cabeça cair levemente para o lado, com os dentes apertados faz os lábios se retraírem um pouco para dentro e outro pouco para baixo, e permite que suas mãos se virem um tanto para cima, colocando as palmas brancas e vazias à mostra.

O olhar se junta ao muxoxo para transmitir ao outro, com plenitude, que ele tem conhecimento da situação de necessidade por que o menino vem passando e que inclusive se compadece, mas não tanto a ponto de alijá-los um do outro e colocá-los em desnível, e sim demonstrando a consciência de que se trata das implicações de uma realidade de caráter cada vez mais universal que os torna, no limite — e apenas no limite —, vítimas da mesma contingência. No mesmo gesto milimétrico que Sebastián jamais lograria descrever até a exaustão deve estar incluída a ideia de que ele poderia, decidindo-se a isso, fazer parte da minoria engajada que elabora planos estruturais para livrar o menino daquela condição, e também da maioria bondosa que leva em conta que, nesse momento, nesse preciso dia — e apenas nesse preciso dia —, uma moeda o ajudaria mais do que qualquer política social.

Mais uma vez, no instante em que termina de formular cada uma das nuances contidas naquele cruzamento, durante tal processo satisfeito de conseguir abarcar em um só pensamento toda a riqueza oculta por trás de um conjunto pronto de gestos, já se deu conta de seu fracasso. Digamos que incluísse em seu romance aquele exato menino e seu olhar de resignado desespero: consistiria em um artifício estético, genuinamente literário, ou em uma concessão ao que muitos esperariam do homem de esquerda e com consciência social que nele veem? Indo mais além, não seria tal concentração no passageiro menino um subterfúgio para que mais tarde pudesse se dedicar com liberdade e sem tanta culpa a lucubrações de ordem bem mais pessoal e isentas da tão requerida imanência? E o prolongamento excessivo da passagem não seria um escape, uma dissimulação para que pensassem que ele dá maior importância para o menino maltrapilho do que para a garota, Paola, e esse nome que não lhe sai da cabeça?

Sim, "Paola", ele diz em voz alta, em duas sílabas mas ciente de que a palavra tem de ser escrita com o, e a imagem surge como se despertada de um canto obscuro da mente e, como se despertada, paulatinamente, tarda ainda um tempo incalculável para se refazer do sono e se estabelecer à luz. Primeiro a ponta de uma orelha que transparece entre os cabelos, logo os cabelos lisos e compridos alongando-se mais quando aparece o corpo esguio, infantil, as sapatilhas pretas e as longas meias brancas erguidas até o joelho, uma saia azul-escuro, uma camiseta vermelha e, sim, na manga da camiseta, a inscrição preta da Escuela Jean Piaget. A menina está de lado e o rosto não se deixa entrever, resultando inútil qualquer esforço para mudar o ângulo da imagem, como se a mente de Sebastián se recusasse a assumir que não recorda aquelas feições e se furtasse à requisição de inventar-lhe olhos, boca e nariz. Sim, agora sabe com precisão, Paola havia sido uma de suas colegas de pré e primeira série e, sim, a primeira paixão que os outros meninos souberam descobrir no suor das mãos dele e, assim, a primeira que ele teve de confessar a si mesmo numa tarde antiga, em frente ao espelho.

Está contente com a recuperação de tão longínqua recordação quando se senta na grama da plaza Francia, tendo antes deixado a calle Guido, caminhado pela Ayacucho, virado na Quintana e enfrentado uns tantos metros de feira, atravessando rostos que sequer notou e frente aos quais deve ter obedecido aos rituais indicados, compenetrado que estava no universo absorvente das reflexões. Agora ambas as mãos estão ocupadas com uma folha que ele recolheu entre as tantas que jazem ao lado e a despem com lentidão, fibra por fibra, de cada uma das semielipses marrons e secas que se prendem ao pecíolo. Regozija-se quando descobre que Paola costumava se sentar umas duas ou três carteiras à sua frente e que certa vez, sendo os dois de estatura compatível, foram designados pela professora a dançar juntos em algum tipo de apresentação escolar referente a uma data cívica ou folclórica de que não se lembra. Sendo sincero consigo mesmo, não consegue aceder sequer à cerimônia: só o que tem é uma noite em que não conseguiu dormir e que crê ter se seguido à favorável definição dos pares.

Quando dá por terminada a mutilação da folha e cada uma de suas lâminas já se encontra destroçada e entregue ao vento, Sebastián contém o ímpeto final de se livrar também do cabo. Desprovido de sua função primordial, chamá-lo pecíolo seria benevolente demais, visto que já não faz parte de um todo tido por folha e assim torna-se alheio também ao galho e à árvore que lhe deram origem. No instante em que já não há o que despir, pensa Sebastián, no instante em que um objeto se despega de qualquer adereço e deixa à mostra seus limites intransponíveis, em vez de alcançar sua estrita essência, ele a perde por completo. Torna-se, em consequência, desinteressante e dispensável, podendo ser atirado à distância com desdém e sem maiores preocupações de qualquer ordem.

Mas tal reflexão em nada o ajuda a pensar sobre o caso de Paola e, se ele por acaso decidisse incluir uma e outra no romance, como agora cogita fazer, sabe que não poderia dispô-las consecutivamente. A não ser, é claro, que conseguisse destinar um outro fim à imagem do pecíolo sem lâminas, talvez o convertendo em metáfora de Paola quando isenta de toda sua existência histórica e entregue aos limites da memória fraquejante do protagonista. Sebastián sabe, afinal, que já não resgatará qualquer nova lembrança daquela garota de cabelos lisos, e que sequer pode confiar nas que tem à sua disposição: terá de fato ocorrido a tal apresentação de dança? Terão suas mãos se entrelaçado, seus corpos se roçado, seus odores se cruzado, em um momento que o menino teria julgado inesquecível? Tal garota em que vem pensando não pode ser Paola assim como o cabo não é pecíolo, e tem-se aí uma possível articulação. Talvez não a melhor. Talvez fosse mais apropriado insinuar que Paola é a folha que sua memória não conseguiu despir e, assim, que persistirá adormecendo e despertando ad aeternum em algum canto obscuro de sua mente, como há alguns minutos concebeu.

Mas não; o cabo da folha destruída continua em suas mãos e Sebastián sente que deve haver na resistência dessa circunstância, definida por instinto, uma indicação para que ele continue explorando as potencialidades dessa imagem que teima em se fazer importante. Talvez não se trate de uma representação metafórica da menina Paola e nem da outra que ora resta em sua mente, e sim de algo que possa servir como referência para sua própria situação, e por conseguinte para a suposta situação do personagem que quer criar, nesta específica tarde de frio ameno. Como o cabo que não é pecíolo por estar isento das lâminas, Sebastián sente-se despojado de tudo o que é suposta parte de sua constituição — a infância na Jean Piaget e o contato ínfimo com Paola e os demais, a pele do menino que a porteira alguma vez pode ter roçado, a consanguinidade de María e Darío, os traços que compartilha com as imagens dos retratos do apartamento da calle Guido, uma passagem de avião que contém uma mancha que se supõe seu nome, uma mulher que talvez conte com aflição os dias até sua volta, alguns amigos que podem estar comentando, nesse instante, sua ausência em uma mesa animada de bar, outros que não pensam nele há semanas ou meses, alguns sujeitos que lhe alcançam o rosto quando em presença do som anasalado que compõe seu nome, outros que certa feita o ouviram e não alcançaram nada — e se dá conta do submetido que está à condição de inominado e sequer fantasmagórico estrangeiro a caminhar pelas ruas de Buenos Aires, atravessando estranhos que se olvidam dele segundos depois do cruzamento. Subtraído do mundo e carente de qualquer outra existência, dotado apenas de prescindência, formula em conclusão displicente.

Quando ergue os olhos, tem à vista uma dezena de costas que se sobressaem do gramado verde e só não se assemelham a um rebanho de animais campestres pelas cores sortidas de que se pintam suas vestes e por estarem amiúde mais reunidas, em duplas, trios, grupos imprecisos. Acima delas, o céu esbranquiçado vai se tornando anil e logo azul à medida que Sebastián levanta o olhar, até chegar ao limite máximo do celeste e dos músculos do pescoço, e até que nenhuma parte de seu próprio corpo se anuncia na periferia da visão. Logo vai baixando o olhar por um caminho diferente do anterior, virando a cabeça para o lado esquerdo e se tornando capaz de divisar, devidamente delimitado em uma circunferência perfeita, o sol que se alaranja já próximo do horizonte e que vai tingindo uma módica parte do que era branco no baixo céu.

O movimento de Sebastián só não é harmônico porque se deixa cada vez mais simular, à medida que ele vai tomando consciência de que, naquele gesto, naquele instante, naquele pôr do sol permeado pelo que classifica como uma beleza singela, poderá encerrar algum capítulo do romance que ambiciona construir. É pensando nisso que ele observa a árvore ressecada, que chamará de ressequida, a recortar sendas escuras contra o horizonte claro, e o rapaz desajeitado, tímido demais para a função que exerce, a posicionar o microfone em seu local definitivo e cravar as mãos nas cordas de um violão amplificado. *"Esto que estás oyendo ya no soy yo"*, canta o rapaz, e o sorriso satisfeito de Sebastián, talvez contente, não se deixa conter.

# 4

"Graciosamente delgado", dita-lhe algum ímpeto remoto e fugidio no instante em que Sebastián vislumbra, pairando sobre sua cabeça, colado ao teto do banheiro e amarelecendo-o, um casulo menor e mais esguio do que indicaria sua unitária, arquetípica memória. São palavras estranhas que lhe surgem já empacotadas, com uma cadência pré-definida e o conjunto pronto demais para que nelas possa confiar. Sabe bem: o melhor a fazer é tratar de olvidá-las sem qualquer remorso e deixar que, se verdadeiras, ressurjam em contexto diverso, explícitas em sua procedência. Mas da boa imagem sem dúvida pode se valer, pois, dada sua carência de variações em um mundo tomado pela mercadológica mania da reprodução, não há mal nenhum na intenção e no efeito de se aproveitar do que outros narraram, com tão diferentes termos e tons.

Tem, portanto, acima de si, um simples casulo, figura que facilmente lhe servirá como metáfora didática para seu personagem solitário, mutável e inacabado por necessidade. É com algum assombro e um princípio de desilusão, então, que se depara, a uns tantos decímetros dali e equidistando da janela no mesmo teto, com outro casulo igual ao anterior, quiçá um pouco mais fornido, menos graciosamente delgado — nota, impaciente, que a expressão ainda não o deixou. Sim, no texto que pretende desenvolver poderia, sem grandes danos e culpas, ignorar em absoluto a presença do segundo casulo e restringir-se à imagem anterior, simples e precisa, mas ainda não se trata disso; o caso é que há tempos sua história tem se desenvolvido na mente e já quase passa da hora de começar a averiguar a possibilidade de um segundo personagem, para desentranhar uma série de reflexões e situações que só poderiam decorrer do contraste e até para livrar os leitores do calculável estado de prostração de que poderiam ser acometidos. Talvez fosse tempo, considerando também a necessidade de concisão que a nova época lhe exige, de deixar seu Stephen Dedalus ser sucedido por algum candidato a Leopold Bloom ou então, para não perder de vista a ideia encerrada no casulo, de por fim fazer entreabrir a porta do quarto de seu Gregor Samsa para o ingresso desestabilizante de uma irmã desesperançosa, de pais que sejam mais do que meros espectros travestidos em lençóis puídos, de um chefe que amealhe em sua face toda a opressão que o trabalho sempre lhe provocou, mesmo estando ele no exórdio de sua vida laboral.

"Rá", ri alto da própria presunção. Como se atreve, ainda que na imensidão incontida dos pensamentos, à grandiloquência de comparar seu inominado sujeito, carente de rosto, de voz, de existência, carente de qualquer palavra escrita, com personagens tão $x$, tão $y$, tão maiores do que qualquer adjetivo que lhes possa atribuir? E, pior, como se permite a leviandade de querer inserir tão elevadas correlações na obra em si, perdendo de vista a pequenez de seu projeto e o alto grau de pessoalidade que o restringe, talvez até limitando os possíveis leitores a uma meia dúzia de familiares e amigos?

Teatral e contraditório, como se diante de uma plateia de boquiabertos, deixa a água desabar da torneira e encher-lhe a concha armada pelas mãos, para logo fazê-la estalar gélida contra o rosto, em ato impensado, mas de compreensível flagelação arrependida. Pois sim, ignorando-se a inconfessável imprudência de pretensões, a ampliação dos domínios retratados parece ainda se tratar de uma necessidade. Ou não? Não fora o próprio Joyce quem trouxera à baila a complexidade suficiente da psique humana e tornara possível a expressão "imensidão incontida dos pensamentos" que ele pensava empregar? E não fora o próprio Kafka quem revelara factível e interessante uma história feita apenas de entraves, impedimentos, embaraços, interrupções?

"Já chega, Sebastián", a voz novamente se deixa propagar pelo espaço vazio, colidindo contra as quatro paredes e quem sabe imiscuindo-se e até amplificando-se dentro de ambos os casulos, desaparecendo também entre frestas invisíveis da matéria para ocupar em níveis incomensuráveis o apartamento inteiro, enquanto ele se precipita para fora do banheiro que já se tornou claustrofóbico. Do outro lado, mergulhada na penumbra e recortando com violência em suas retinas uma silhueta fantasmagórica e franzina, uma menina crucifica-se com as mãos presas ao batente de outra porta e é incapaz de conter o afastamento dos próprios lábios num grito agudo que, aflito, Sebastián não sabe se ouviu. Agora os passos da menina tamborilam contra os tacos do segundo hall, estridulando-se quando ela alcança os azulejos do primeiro e, em seguida, da cozinha. Com vagar, por um instante duvidando da exatidão de seus sentidos e questionando se tudo não se explicaria pela vertigem imaginosa que poderia ter lhe proporcionado o movimento brusco que realizou — ou por uma sonolência que ainda o domina nessa manhã —, Sebastián decide segui-la cômodo a cômodo pelo apartamento.

Vai dar com ela, certificando sua realidade, quando a pequena cabeça morena ainda se pressiona, olhos e nariz escondidos, contra uma barriga saliente que tenta se disfarçar em listras verticais de camisa escura, encimada por um rosto igualmente gordo que se faz mais redondo à medida que o queixo se aproxima do peito. A papada semicircunferente que então oculta o pomo de adão vai aos poucos se desfazendo — como uma lua minguante em suas últimas noites — e Sebastián vai se tornando capaz de reconhecer um e outro traço no rosto alheio, algo no nariz e nas sobrancelhas, esforçando-se para ignorar seu tom grisalho e os talhos que socavam a pele e o baixo dos olhos, assimetrias e simetrias em relação à papada desaparecida. Tudo agora em movimento:

— *¿Sebastián? ¿Sos vos? ¿Qué hacés acá?*

— *Me vine por unos días.*

— *Asustaste a Graciela.*

— *Creo que estamos todos un poco asustados.*

Sim, algo na atmosfera que antecedia essas quatro intervenções está subitamente perdido, contraposto pela irrupção do diálogo espontâneo e na iminência de sua continuidade incontornável. O homem gordo que agora equilibra o peso, com surpreendente destreza, sobre o joelho apoiado ao chão, suas mãos envolvendo o crânio diminuto da garota ainda encolhida, são os derradeiros instantes de um lirismo de imagens que, Sebastián sabe, agora nada mais fará senão se dissipar. A explicitação que acarreta toda troca impensada de frases, o didatismo e a obviedade requeridos no contato entre dois parentes que não se veem há anos agora ditarão as regras de modo soberano e oprimirão qualquer chance de literariedade. Ele, consterna-se, se quer manter em aberto nessa manhã a apreensão de atributos da realidade passíveis à conversão em prosa, terá de se limitar à tradução simultânea mental das palavras a serem trocadas e à absorção acrítica de conteúdos e interpretações que lhe forem dados. Já não será possível a dialética de raciocínios e formulações que vinha empreendendo, e menos ainda o fascínio pelo tempo real e pelas minúcias do espaço, que agora terão de se render a um sem-número de elipses lamentavelmente inverossímeis.

— *Bueno, calmémonos. Sentate y contá: ¿qué estás haciendo acá?*

— Nada de mais. Estudando um pouco, espairecendo nesta cidade distante e barata o bastante. *¿Vos?*

— Só passei para buscar umas coisas no apartamento, da minha mãe. Ela não me avisou que você vinha.

— Eu que não avisei. Armei a viagem um pouco às pressas. É sua filha mais velha?

— Sim, minha primogênita, Graciela. Os outros quase não se separam da mãe, só ela. *Graciela, dale un beso a tu tío, o primo segundo, ¿qué sé yo?*

A menina ergue os olhos, lacrimosos, e os põe a examinar de cima a baixo o desconhecido. A distância entre ambos, que desde a primeira troca de olhares só fizera ampliar-se, agora se reduziu a uma proximidade inédita e desconfortável, ele sentado na outra ponta da mesa, os braços expectantes descolando-se imperceptivelmente da superfície fria do mármore. As sapatilhas brancas dela, pequeninas, revolteiam titubeantes, e Sebastián leva alguns instantes para se dar conta de que estão em franco combate contra uma força que se impinge contra as costas dela e a impele em sua direção. O maxilar dele se distende, quer denunciar a desnecessidade de toda a cena, se a menina está com medo, se sua face não lhe resulta simpática, mas nenhuma frase na devida língua lhe sobrevém antes que a outra batalha esteja finda e que Graciela caminhe, a passos rápidos, em sua direção. Só o que faz, então, é dobrar o tronco e pôr o rosto à disposição para que a outra o beije, e a menina ainda se paralisa para calcular o espaço mais adequado na superfície hirsuta, escapando da barba e dos olhos que tanto a observavam, decidindo-se pelo que sói chamar-se maçã do rosto e por fim imprimindo-lhe a esperada maciez cálida.

— *¿Y cómo andan todos?*

— Bem, vamos levando, cada um ao seu modo, como nos permitem viver... Juan Carlos e Jorge se tornaram diretores do jornal, depois que o meu pai assumiu a presidência interina. Eu administro as nossas fazendas, que só agora voltam a dar lucros, afetadas como foram pela crise. Delia largou a arquitetura: cuida dos filhos, ainda que com sua impaciência habitual. Enfim...

— Isso resume.

— Digamos que sim, *¿qué más da? Pero la crisis...*

*"Cortala, Graciela"*, interrompe-se o outro, num tom enérgico e ríspido que Sebastián reconhece sem saber de onde ou por quê. A menina está de joelhos dobrados, corpo arqueado, braços estendidos e mãos juntas incapazes de envolver a do pai, *"vámonos, papá"*, cujo braço também se deixa estender em submissão à força da filha. Mas as costas dele permanecem intactas e imóveis, coladas no encosto da cadeira, e sim, Sebastián sobressalta-se ao identificar, em tal resistência tenaz está a postura que certa vez admirou no outro, em longínqua tarde de brados e estupefações, quando o primo ergueu-se contra qualquer imposição insensata da tia e engrossou a voz — sim, no tom que acaba de empregar — diante das insistências consensualmente autoritárias do tio. Admirável havia sido a postura do rapazote cabeludo e corpulento, admirável a jovial revolta que chocara os rostos enrugados e grisalhos, e agora o quê? Como interpretar a presente indiferença que se desenha na face do sujeito adiposo ali adiante, como relevar sua impaciência ignorante em relação à filha compreensivelmente assustada? E de que maneira entender a fuga renitente de olhos que se cravem nos olhos, o meio sorriso, amistoso ou cínico, envergonhado quiçá, que teima em se revelar e se esconder na boca alheia?

— *La crisis, vos decías...*

— *La crisis* nos deixa a todos num estado de constante incerteza. Nossa família tem se safado, por sorte, mas nunca se sabe quando é que um novo baque virá a colapsar as bases da economia nacional e ameaçar os nossos rendimentos, o pão que alimenta os nossos filhos. E a cidade, o caos em que se encontra a cidade. Os maltrapilhos que ocupam as nossas calçadas, desagasalhados e sem teto. A cada fim de tarde, *¿viste?*, uma horda de catadores se espraia pela cidade, recolhendo entulho, chafurdando no lixo, *¿y para qué?* Esse é o mundo em que vivem os nossos filhos, *¿viste?*

— Sei.

— E você, andando por essas ruas infectas, segurando a mão da sua filha tão forte quanto é capaz, como pode levantar a cabeça e cumprimentar aquele velho amigo que te cruza no quarteirão inesperado? Perdi muitos amigos assim. Gente que me viu passar e se desgostou com o fato de eu não ter parado, gente que me dirigiu a palavra e que, supostamente, eu ignorei. Você entende que não dê para ouvir, não dê para ser atencioso, em situações como essa?

— Entendo, claro.

A filha, cujo semblante agora está isento da irritação que antes manifestava, acocora-se e mergulha os dois braços, até os cotovelos, em um saco preto que Sebastián percebe debaixo da mesa, de onde passa a retinir uma estridente e pouco ritmada percussão metálica. Uma das mãos rechonchudas que jazem sobre o mármore decola lenta e paciente, mas não vacila em seu trajeto em direção ao rosto da menina, deixando por um segundo a palma à mostra enquanto encontra a melhor posição para fazê-la pousar com delicadeza na bochecha dela. Surpreendentemente suave, a carícia logo se desloca em movimento circular e os dedos vão se acomodando entre o queixo e o maxilar, passando a imprimir uma perceptível pressão para conduzi-los de volta à altura da mesa. Quando por fim a alcançam, agora sim a mão oscila um instante antes de liberá-los, decidindo por se deslizar até a nuca da menina e empurrá-la, ainda leve, até que o queixo pode apoiar-se na quina que antes amparou a queda de um menino. O rosto dela, então, parece privado do pescoço longilíneo, mas o corpo é mais alto que a mesa e, pode-se notar, os joelhos da menina ainda estão curvados, os braços pendentes e as mãos imersas no saco, no que Sebastián sabe que não há de ser uma posição confortável. De súbito, em resposta a um desequilíbrio que apenas se anuncia, uma das pequeninas mãos faz sua aparição sobre a superfície fria, sem se deixar espalmar: o punho está fechado e segura a trepidantes forças o cabo metálico de um garfo que, de tão lustroso e brilhante, Sebastián julga ser de prata.

O outro não se abala, recolhe o utensílio da mão dela e, antes de voltar a despejá-lo dentro do saco preto, encerra seu discurso:

— Enfim, querendo ou não, essa é a realidade.

Como pode Sebastián confessar, com sua voz grave e cadenciada que voltaria a assustar a menina, o quanto inveja aquela realidade? Como pode transmitir os pensamentos que acabam de se delinear em sua mente e agora se apresentam como se existissem desde sempre, sem que o outro alegue um desentendimento imediato e vaticine seu arrependimento por aquela ideia insensata? Não pode, mas o fato é que inveja a tal *crisis*. Sente uma irrefreável satisfação em que o outro se veja ameaçado quando anda pelas ruas e, não, não é porque tenha algo contra ele, ou contra a família dele, que é também a sua. Fica satisfeito porque lhe dá a esperança de que também ele próprio possa se sentir ameaçado, possa sentir, mesmo que por engano, que sua comida está a perigo e que é preciso trabalhar para garanti-la. O desespero do outro lhe dá a esperança de que também sua existência possa ser tocada, interferida, possa se misturar com a dos demais, com o assim chamado *destino de la nación*. E não mais isso que...

"Mas, como que não foi tocada, sua existência? Se os seus pais foram perseguidos e você nasceu...", diria o primo se invadisse seus pensamentos, e nesse instante Sebastián sabe que o diálogo sequer é necessário. A resposta teima em fazer formigar sua língua, ciente de que não será proferida: ele não é as circunstâncias de seu nascimento, ele não é seus pais. Faz parte de outra geração, posterior a tudo isso. É da geração do marasmo, da indiferença, *del fín de las utopias*, como dizem. Do mundo estagnado em um modelo desgraçadamente confortável para eles, os poucos milhares ou milhões que a constituem. Tem um acordo com o mundo, a sua geração: o mundo não mexe com ela e ela não mexe com o mundo. Mas sim, quer que o universo, o destino, a história com agá maiúsculo, qualquer uma dessas instâncias venha a...

— *Bueno, me tengo que ir.*

Venha a... venha a... estapear sua boca, consegue completar Sebastián, já distante do raciocínio há pouco entabulado e decerto arrependido do surto protoverborrágico e inconcluso de que se avalia vítima. Quando volta a si, ou quando termina de sentir que voltou a si e às suas circunstâncias, o outro já segura o saco preto em uma das mãos e na outra o antebraço afilado da menina quase dependurada, as pontas das sapatilhas roçando o piso como se para dar mais impulso à repentina partida. Sebastián se antecipa a eles no caminho até a porta, gestualizando a gentileza de abrir-lhes a passagem, mas demorando um instante antes de fazer uso da maçaneta que seus dedos envolveram: "*Perdoname.*"

O pedido, insólito e não solicitado, não é compreendido sequer por ele mesmo e ainda usurpa o espaço de qualquer despedida regular e cordial, mais adequada ao término dos encontros entre distantes familiares. Agora, à medida que os rostos de ambos se levantam e se defrontam para uma última troca de olhares, Sebastián já não sabe se o meio sorriso — amistoso ou cínico, envergonhado quiçá — se estampa na boca do outro ou se espalha, refreado, por sua própria face. Talvez se deva a isso a incapacidade com que se depara de balbuciar qualquer *buenos días, adiós* ou o multilíngue *tchau*, não restando outra opção senão girar de uma vez a maçaneta e por fim permitir a saída daqueles visitantes outrora inesperados.

Meros visitantes, ocupantes temporãos de um apartamento, é só o que podem ser, pensa Sebastián quando o alcance de sua vista se reduz às retintas cores e aos movimentos vagos de que se constitui a luz parca que atravessa os vinte vidros da entrada — translúcidos apenas de dentro para fora. Um perfeito Bloom, nesse instante, deve estar abrindo as grades do elevador antigo e Dedalus, Sebastián, o inominado, quem quer que seja foi incapaz de transferir-lhe a palavra, de entregar-lhe a perspectiva e permitir-lhe que fizesse com ela o que bem entendesse. A menina, também, que não há de se fascinar com a regularidade das formas geométricas sombreadas em cada andar, que deverá exprimir alguma manha e se esforçar para liberar o próprio braço da garra do pai, que poderá cruzar com a porteira e atinar com sua estranheza e, quem sabe, para enfrentá-la?, para brincar?, quiçá mostrar-lhe a ponta da língua entre os lábios pressionados, essa menina de poses inimagináveis, gestos por demais sutis, temores e dissabores incompreensíveis, aquela menina já não poderá ocupar sequer uma a mais entre as inexistentes linhas de sua narrativa.

# 5

Por meses, ou o tempo que é preciso passar para que um menino sinta que se passaram meses, sua mãe se manteve prostrada e inerme na cama amarfanhada. Já não lhe abria as persianas todas as manhãs, não lhe pousava sobre o torso a roupa que deveria usar, não lhe beijava a face antes de desaparecer enquanto durasse a luz do dia. Não ressurgia no despontar da noite, também, para lavar-lhe as orelhas que ele negligenciava de propósito na hora do banho, para obrigá-lo a comer e logo a escovar os dentes, para conduzi-lo pela mão ao quarto dele, deitá-lo, forçá-lo a fechar os olhos e entregar-lhe o lóbulo. Desabitara por completo, a mãe, tudo na casa que não fosse o próprio quarto.

O menino estava autorizado a render-lhe visitas diárias, desde que abrisse a porta silenciosamente e medisse o peso dos passos para não acordá-la. Para além das ressalvas e imposições, acautelado por hábito ou instinto, espiava antes de ingressar e se mantinha disposto a voltar atrás caso sua presença se mostrasse por demais indesejada, mas tal incidência jamais se registrou. E jamais chegou a encontrá-la adormecida: como as cortinas túmidas que permaneciam semicerradas e muniam a atmosfera de um caráter, sim, sombrio, as pálpebras dela haviam aderido a uma posição sempre intermediária entre a de olhos abertos e a de olhos fechados. Apagadas, também, além da televisão em cores, as cores do rosto dela, o rosado das bochechas tão mais pálido e os lábios que se embranqueciam até quase não se deixarem divisar. Interrompidos, abandonados, os livros que se empilhavam no criado-mudo e outros que se espalhavam pelo chão, todos com suas sucessões intermináveis de letras em uma mesma palavra e seus títulos que a custo se faziam legíveis, embora ainda incompreensíveis.

Ora de costas, ora virada para o lado direito, hora de costas, hora virada para o lado esquerdo, a mãe se entregava ao silêncio e à semiescuridão enquanto esperava paciente que os pedreirinhos de suas entranhas reconstruíssem, um a um, os diversos andares de seu prédio interno particular, a tal coluna vertebral. Mas em algum momento tinham de descansar aqueles pedreirinhos, em algum momento mereciam um intervalo os homenzinhos interiores de sua mãe, e por isso ele não precisava sentir qualquer culpa em estar ali — como não precisava, seu pai havia dito, remorder-se com as recordações do ocorrido, algo que ele não havia entendido de todo por não se lembrar de qualquer ocasião em que tivesse se mordido. A mãe, por sua vez, fazia questão de demonstrar que ele não era um intruso com a máxima efusão que lhe era possível, estendendo o braço em sua direção assim que seu perfil franzino assomava na entrada. Complementava o gesto com um sorriso contido, de lábios fechados, que resultava em uma aproximação pouco usual entre a maçã do rosto e os olhos, cujas extremidades externas se vertiam para baixo e, caso o conjunto todo ainda não incorresse em uma suficiente mensagem de boas-vindas, ela desprendia umas parcas palavras em voz rouca e fraquejante:

— *Vení, pasá, Seba, pichi.*

Todo aquele esforço combinado para realizar uma boa recepção, apesar da incapacidade do menino de assimilá-lo por completo e, mais ainda, de destrinchá-lo parte a parte, era o

que havia de mais triste naqueles dias. Que a mãe se desdo
brasse em expressões impossíveis na tentativa vã de fazer do
desalento traços de tranquilidade e esperança ou, na compre
ensão do menino, que os adultos estivessem escondendo dele
um não sei o quê que abalava os ânimos e escurecia o aparta
mento, tudo isso doía nele de uma forma nunca antes experi
mentada, nem mesmo na fatídica colisão contra a quina da
mesa de mármore. Ele já não tinha, aliás, vontade alguma de
empreender suas corridas pela casa e, quando mesmo assim o
fazia, para preencher as horas agora mais longas, via-se logo a
estirar-se esbaforido em algum sofá, incapaz que se tornara de
encher o próprio peito de ar — algo muito estranho porque
contradizia o vazio que sentia dentro de si e que lhe ocupava o
corpo. Quando entrava naquele quarto, também ele tinha de
disfarçar esse oco que o tomava, também ele tinha de forçar os
cantos dos lábios para que apontassem para cima, como nos
desenhos que fazia na escola, pois seu pai havia lhe pedido que
fosse forte e aguentasse, e que procurasse poupar a mãe dessas
preocupações menores do dia a dia. Como tampouco lhe eram
autorizados os abraços mais fortes ou quaisquer outras coisas,
incursões, que porventura sobressaltassem sua mãe em estado
frágil, ele se limitava a dar a volta na cama e sentar-se em algum canto livre que encontrasse à beira.

Segurar a mão dela era sem dúvida uma redenção, e nisso
também se assemelhavam. Cada um tratava de enredar a mão
do outro como se fosse o condutor daquele gesto, em uma inde-
finição nova que a mãe parecia estranhar, mas que resultava pra-
zenteira ao menino, pois retardava o estabelecimento da posição
final dos dedos entrelaçados. Uma vez definida a escala dos ossos e acomodado cada um dos nós, podiam dedicar horas a essa
pose, ou o tempo que é preciso dedicar para que um menino
sinta que se passaram horas. Através desse contato, pensava o
menino, quem sabe não agilizava o processo de cura emprestan-

do a ela alguns de seus pedreirinhos particulares, perfeitamente prescindíveis desde que cuidaram de cicatrizar o talho em sua testa. É claro que não se veriam minúsculos homens trasladando-se pelos vãos das unhas, mas ele já entendera que o fato de seu pai chamá-los de pedreirinhos não significava necessariamente que fossem iguais aos pedreiros grandes, apenas menores. Já sabia que às vezes os adultos dizem as coisas com as palavras certas e às vezes inventam outras para que as crianças entendam (quando não para que adormeçam): já intuía que nem toda a verdade ficava comprometida por essa invenção.

Estava-se bem ali, quando de mãos dadas. A mãe não tinha nada para contar, pouco se valia das palavras sussurradas para ensinar-lhe qualquer lição, vez por outra atalhava um velho e descabido conselho que supostamente o auxiliaria nas amizades precárias que travava com os colegas, mas parecia mais disposta do que em outras ocasiões a ouvir as banalidades cotidianas que ele tinha para relatar — desde que não causassem a ela qualquer prenúncio de aflição, como ele sabia de antemão. Em algum sentido, ou para alguns dos sentidos do menino, era como se fosse ele quem estivesse a niná-la, impugnando o silêncio temerário com suas histórias que, de agudo, só o que tinham era o timbre da voz. Não cabia a ele destilar qualquer moral ou mesmo encaminhar os causos para algum final: como era nula a chance de embalá-la no sono, não fazia mal que os relatos transcorressem sem qualquer rumo, circunvoluíssem à mercê dos mais naturais impulsos e viessem a se interromper, tempos mais tarde, inconclusos. A tudo a mãe anuía, benevolente, e pode que não estivesse de fato escutando o que era dito, e sim acompanhando o movimento dos lábios e analisando, com a concentração possível, os tropeços e as nuances ocultas do monólogo de seu filho. Quanto ao menino, ele não podia precisar, mas, naqueles instantes preciosos e densos, algo mais que o silêncio parecia se dirimir.

Em uma tarde, no entanto, na tarde em que o mundo não queria deixá-los a sós e fustigava os vidros da janela com grossos e invasivos pingos d'água, e violentava os ouvidos deles com estrondos fortes como trovões e que, de fato, eram trovões, e maltratava os olhos de ambos com a luz eletrizante que, em intervalos quase regulares, irrompia súbita e dominava todo o ambiente, naquela tarde o menino sobrelevou os temores de sempre e não quis colher-lhe a mão. Tinha uma coisa para contar a ela e essa coisa parecia, ao menos naquele momento, preencher e anular o vazio que o vinha envolvendo nos últimos dias, dotando-o de uma estranha satisfação igualmente desconhecida — que alguém viria a classificar, mais tarde, com um tom que misturava galhofa e repreensão e que ele não alcançaria, como seu primeiro surto de orgulho e ambição. Tinha uma coisa para contar a ela e essa coisa merecia uma imediatez que, se não havia permitido uma aceleração no procedimento que deveria executar ao entrar no quarto, ao menos o tinha revestido de uma maior ansiedade e de uma primeira impaciência em relação a suas diversas etapas rituais.

— Hoje a professora falou que eu posso escrever livros, mãe — deve ter alardeado pouco depois de encontrar assento, para em seguida corrigir: — Quer dizer, falou que eu tenho imaginação de escrevedor de livros.

A mão da mãe vasculhou o ar à procura da dele, logo passando a tatear a cama com o mesmo intuito e colidindo contra sua perna estática, *"ah, ¿sí? Qué bien"*, apertando-lhe a coxa de um modo débil demais para representar uma felicitação. O menino pensou em se desvencilhar, precisava de espaço e liberdade para executar a performance que planejara, mas um raio rasgou-lhe a vista e a intenção, paralisando-o por um segundo. Preferiu deixar que a mão dela ficasse ali até que se manifestasse a tonitruância que sabia decorrente e que geralmente lhe provocava um calafrio, de modo que foi apenas depois dessa ocorrência indesejada que ele apoiou o peso sobre os pés, a um só tempo liberando-se do toque alheio e alcançando, no bolso de trás, o papel dobrado em quatro que trazia.

Logo de anunciar o título, "*Mis vacaciones*", e antes de gaguejar a primeira frase, o menino sentiu que daquele instante abria-se outro, como uma boneca que sai do ventre de outra boneca, com a diferença de que os instantes não eram idênticos, e sim, quem sabe, completamente opostos. Desanuviava-se o tempo, silenciavam as gotas que já não escorriam pela janela, desaparecia a janela e se franqueava um amplo campo de pasto rasteiro, delimitado por um bosque remoto de árvores imponentes, cujo verde se deixava dourar pelo sol que as escaldava. Escorando seu corpo, não mais o acolchoado suave da cama, e sim o couro áspero de uma sela e, debaixo dela, o cavalo que lhe fora designado. Mal sabia montar, mas não se tratava de um sonho, em que o desafio lhe seria dado sem qualquer fundamento ou explicação, como se perpetrasse, e perpetrando, uma punição: desta vez estava ao seu lado, igualmente montado, o filho mais velho do administrador da fazenda, rapaz qualificado a acompanhá-lo no passeio.

Aí, nesse cenário plácido tão propício a situações prévias, tinha início sua aventurosa história, ritmada e progressiva, cronológica e direta, a tensão perfeita surgindo onde não era esperada e se exacerbando em direção ao clímax impecável. Ou era assim que o menino a sentia à medida que seus olhos percorriam a página rabiscada e iam se povoando de tão vivas memórias. A imprevista cumplicidade do pai, que a ele confiara seus segredos de montaria. A do cavalo que volteava o pescoço para observá-lo de soslaio e se unia a ele por um laço que não podia se limitar ao instrumento óbvio das rédeas (entre duas substâncias vivas, não era justo que uma sobrepujasse a outra; devia caber a ambas, mancomunadas, decidir o ritmo e a direção que seguiriam). A de seu companheiro de cavalgada que sorria malicioso e agregava à expressão uma piscadela. Um chicote que surgia do nada, serpenteava sob o céu e estabelecia o conflito. Os cavalos que se punham a patalear descoordenados enchendo o espaço de poeira, o medo crescente que percorreu suas entranhas quando começou a suspeitar que os freios de que dispunha não funcionavam, o desespero que o tomou quando teve certeza disso. O salto que empreendeu para fugir da árvore que se apresentou de chofre à frente, o animal a se desviar matuto e a revelar a tremenda idiotice que ele fizera.

O menino caído, descobrindo que o batuque que escutava já não era das patas do cavalo a colidir contra o chão, e sim dos batimentos descompassados que retumbavam em seu peito; engolindo os soluços que o atropelavam e recolhendo os cacos, não de seus ossos, mas das cumplicidades partidas: o desfecho perfeito. Tudo o que ocorria a partir daí era um epílogo nebuloso que arrefecia o empenho e estremecia os traços, à margem dos quais a professora tivera o rigor de tachar: "confuso".

Titubeou um instante, gaguejou de novo, limpou a garganta e optou por prosseguir a leitura. Arremedos de imagens, comentários sem propósito, esclarecimentos que nada esclareciam, tudo se sobrepunha sem qualquer sucessão. A mãe montada no animal que o derrubara, sacolejando e dando voltas como se estivesse em um rodeio, a terra seca tapando a imagem e transformando a cena em miragem, o rapaz que arrevesava súbito por entre os demais e punha um cavalo a enfrentar o outro, a balbúrdia que se produzia e esmorecia até restar apenas a mãe, no chão, estirada. Alguém a denunciar a presença do menino incólume, apontando-o com o dedo. Outro alardeando o corte existente na boca do cavalo. Nada mais.

Quando o menino ergueu os olhos, não havia em seu rosto sequer um mínimo resquício do orgulho que antes o desfigurara. Pode que tivesse percebido quão impertinente era sua história, pode que ganhasse consciência do quanto essa impertinência corrompia e defraudava o relato. Compreendia então a fragilidade do elogio que recebera — se tudo, afinal, não passava de realidade, se nada se desprendera de seus dedos por livre exercício da criação — e pode que em sua mente a expressão da professora que lembrava complacente aos poucos se convertesse em algo que ele ainda não sabia definir como cinismo e mordacidade. Mas também essa metamorfose deu lugar a outra, o rosto da professora foi esvaecendo na névoa imaginária, e logo o menino pôde ver a face muito real da mãe singrada por dois traços quase transparentes, ambos tendo início em um ponto diferente do mesmo olho e se unindo até desaparecerem sob a risca do maxilar. O menino, a princípio, não quis entender o que acontecia e olhou a janela para averiguar se, numa remota possibilidade, aqueles traços não passavam de sombras no rosto alheio das gotas de chuva que escorriam pelos vidros. Depois voltou a baixar os olhos, procurou os dedos de outra mão para tentar entrelaçá-la e soube que a mãe, por fim, chorava.

Quando Sebastián ergue os olhos e os volta naquela mesma direção, nenhum rosto se apresenta à sua frente e a vista vai estalar, vazia, na parede amarelada. Está sentado à beira da mesma cama, mas esta não é uma tarde chuvosa e nenhuma gota parece iniciar seu percurso em qualquer superfície vítrea. Pior, o fluxo verbal de lágrimas que acaba de cogitar não termina de se constituir em imagem antes de ser descartado: secreções que se desprendem de pontos distintos do mesmo globo ocular e perfazem trajetórias convergentes devem ser tão impossíveis quanto são raras as ocasiões de choro que ele pôde testemunhar. Além disso, essa imagem que tanto o tocou, que deveria estar cravada em sua memória mas não se cravou, essa imagem perde grande parte de sua força se o leitor não está informado de que o menino nunca vira a mãe chorar, e nunca voltaria a ver.

Da mesma forma, de nada vale a reconstituição de uma situação dada se não se obtém acesso às verdadeiras e mais profundas sutilezas experimentadas por aquele que a viveu. As lembranças quiçá inventadas de um dedo rijo que apontava para ele, das regras estritas que o pai estabeleceu na casa ou mesmo da necessidade que o menino sentia de fazer algo pela recuperação de sua mãe não parecem indícios suficientes para matizar o sentimento de culpa de que sofria. Mas será que, de fato, se sentia culpado? Seriam dois os principais entraves a essa hipótese. Primeiro, que o menino não tivesse um grau de discernimento suficiente para concatenar a aventura que vivera com a tragédia subsequente a não ser em termos cronológicos — a confusão do final de sua redação poderia ser tomada como prova disso. Segundo, que o menino soubesse que seu erro fora a causa do desastre da mãe, mas agregasse a essa consciência a noção de que jamais, não importando quantas vezes a cena se repetisse, poderia ter feito qualquer coisa de diferente — e tal noção inevitavelmente o absolvia.

Por meio do raciocínio lógico, Sebastián conclui, nunca conseguirá determinar a autêntica natureza dos sentimentos do menino. Convém que se valha, em vez disso, da análise das redivivas manifestações corporais de que parece ter sido vítima. Há pouco cismou que a criança estivesse vivenciando uma sensação de vazio, um oco no peito que atrapalhava suas brincadeiras de rotina. Também inferiu que tivesse dificuldades para sorrir e para respirar, mas disso deve desconfiar pois podem ser meras decorrências de uma tentativa sua de tornar nítidas as suposições anteriores. No mais, pensou em mencionar um suposto recolhimento afetivo que caracterizaria o menino nesse período, talvez consequência, sim, de um receio exagerado de proporcionar à mãe um novo mal. Seriam esses fatores suficientes para identificar a existência nele de um complexo de culpa? Ou ilustrariam apenas a compaixão natural do menino, ou, menos, a óbvia falta que qualquer criança sente quando sua mãe se afasta e confisca os hábitos, agravada pelo acúmulo dos dias?

Não, tampouco esse método há de conduzi-lo a qualquer constatação definitiva. Resta-lhe, Sebastián sabe há algum tempo, um derradeiro recurso: tentar reconhecer em si mesmo, no homem que agora é, algum resíduo renitente dessa possível sensação do menino. Sente-se, ele próprio, responsável pelo acidente da mãe? Ter guardado em algum recanto de seu cérebro tão numerosas e vívidas imagens de um momento tão longínquo, ter passado a última meia hora sentado na mesma cama e entregue a intermitentes rememorações, considerar essa sua insignificante redação de volta às aulas o início precoce de uma ainda inexistente carreira literária, serão esses elementos fortes o bastante para supor que se trate das minudências de uma obsessão?

Sebastián arremete o tronco para trás e sente as costas se ajustarem às molas desiguais do velho colchão. A longa expiração que acompanha todo esse movimento só cessa quando lhe parece não haver, em seus pulmões, mais nenhum centímetro cúbico de ar. Talvez sim. Talvez se sinta culpado. E, sendo assim, não pode senão aspirar mais alguns litros de decepção. Quanto de seu empenho não estaria ausente de qualquer intuito literário, reduzindo-se à mesquinha vontade de verter em palavras uma confissão inócua e extemporânea? Quantos milhares de quilômetros de bosques foram derrubados, árvore por árvore decepada com crueldade, milhões de páginas maculadas por quantas piscinas de tinta negra, tudo de uma inutilidade atroz quando empregado em irrelevantes e tão pessoais expiações de culpa?

# 6

Nem a luz desvencilhada da cortina que você entreabriu, nem o som do seu sussurro acariciando meus ouvidos, nem o toque suave dos seus dedos sobre a minha tez, nenhum pedaço de gengibre assomando a meu nariz, nenhum morango invasor pousado dentro da minha boca. O que me acorda é a desaparição dos sentidos. Imersa no breu e no silêncio, minha mão toma a forma do seu ombro e teima em vasculhar o vazio sem encontrar vestígio de um pedaço seu. Alheia aos odores indiferentes que emanam dos lençóis, minha boca abre e fecha sem recobrar qualquer resquício do último beijo que você me deu.

Acordo e sinto meus pés presos entre os lençóis como se alguém acabasse de envolvê-los na mortalha que um dia me será destinada: você não esteve aqui para desencravar os panos de sob o colchão e me livrar de um improvável medo da morte. Também não foi deixando pelo chão, como uma Maria, mas sem João, cabelos que eu pudesse ir recolhendo cômodo trás cômodo até me defrontar com seu calor. Este apartamento você nunca habitou. Como no meu rosto, não há nas paredes a impressão de qualquer um dos seus dedos. Como no meu peito, não há no piso nenhum indício de uma pegada sua.

Não deixo que meu olhar se perca pelos corredores porque quase não há corredores, e as formas abauladas insistem em dar a ver apenas suas superfícies brancas, amareladas. Não me preocupo em abrir as janelas e atinar com o mundo, porque não parece haver no mundo nada que possa me interessar. Por um breve instante, penso e logo digo a mim mesmo, só o que sei é que sinto a sua falta. Depois julgo excessiva a aliteração, avalio como é fácil dizer que sinto a sua falta e desanimo. Nada de verdadeiro e único pode se exprimir por essas palavras simples e abstratas. Dizer que sinto a sua falta, ou que sinto saudade (esse termo de que tanto insistem que temos de nos orgulhar), é reduzir a complexidade desse despertar a uma ideia estéril e vaga; é anular a riqueza dessa manhã e igualá-la a tantas outras em que tudo o que houve foi uma ausência avara.

Tranco-me no banheiro acreditando ter deixado de fora o que me conturba: o exagero de realismo desse princípio de dia que não pode senão contestar de vez a magia que julguei ter vivido em outros — mas isso só depurarei mais tarde. Tranco-me no banheiro e me deparo com dois abismos muito reais: o que se cria entre o espelho e o brilho refletor dos meus olhos, e o que se prolonga entre os meus olhos e os olhos refletidos no espelho. Você há de pensar que assim se confirma aquilo de que me acusa; há de pensar que sou mesmo um sujeito autocentrado, um ególatra. Livro-me da sua argumentação inventada com um esforço imaginativo: situo a imagem do seu rosto, semitransparente como um espectro, entre os agentes de ambos os abismos. Súbito, tenho você infinitas vezes e se desvanece a sua ausência.

Mas isso dura apenas um instante. Logo algo me obriga a desviar o olhar para o teto e volto a me confrontar comigo mesmo, ou com a confirmação do que lhe disse que viria a ser aqui: estou encolhido em posição fetal dentro de um casulo estreito. Em seguida faço uso de mais esse repentino espasmo de fantasia para minimizar de novo a sua inexistência circunstancial: você aparece ao lado, tímida, igualmente encolhida, enclausurada em uma nova crisálida, e a distância que nos separa é tão pequena que fica fácil sentir que estamos em nações vizinhas. Nesse momento, e se torna evidente por que a distância é imprescindível a qualquer miragem, parece simples que nos encontremos. Bastaria que eu rebentasse o invólucro do meu casulo, contrariasse a gravidade me arrastando por uns poucos centímetros de teto e batesse no casco do seu, chamando por seu nome.

Não o faço. Em vez disso me deixo afogar pela substância que me envolve e a cada segundo me vejo mais emboscado entre as paredes que me circundam, desconhecendo de todo qual é meu verdadeiro claustro, qual é minha indubitável fobia. Grito "Basta, Sebastián" e meu apelo é quase um murmúrio, mas o mundo se mostra disposto a atendê-lo assim que meu corpo se projeta para fora do banheiro. Por algumas horas que não vale contar (pois o mundo não cabe nas palavras trocadas a dois), finjo que você ficou ali à minha espera e prefiro entender que meu desalinho em relação às convenções comezinhas se deve apenas à falta de uma adequada despedida.

Por todo um dia, o espaço que nos separa se reduz a alguns poucos metros, você ensimesmada no lugar em que a deixei, eu perambulando por esta casa que me mantém em constante sobressalto. Sento-me à mesa da cozinha e a matéria passa diante dos meus olhos carente de todo lirismo, prenhe de desarmonia; recosto-me em outra cama e expiro um débil sopro de vida, que pelo ar empoeirado logo se dissipa. A todo o tempo sinto a sua falta e sinto saudade, mas não volto a entrar no banheiro e por fim chego a entender por que tenho de erigir entre nós todo esse universo que eclipsa os sentidos. O caso é que me valho das distâncias, do potencial de dissolução e turvamento das distâncias, para renegar as interdições que fixamos e poder lhe escrever, anacronicamente, que a amo.

# 7

Entretanto, embora tenha saído do apartamento revisando com antecedência as expressões adequadas a um eventual encontro com a porteira, que não ocorreu, embora tenha se obrigado a se abrigar da chuva no primeiro café que lhe apareceu e tenha ponderado sobre a índole normativa de seu receio de receber sobre os ombros inofensivos pingos, embora tenha comido com prazer desmedido um par de *medias lunas* acompanhado de um *submarino*, embora a convivência em um ônibus abarrotado o tenha brindado com sucessivos e numerosos diálogos que faziam o momento contrastar com o laconismo que experimentara nesses últimos dias, embora tenha julgado que naquele torvelinho de amenidades e frases feitas devia se esconder um sem-número de verdades mundanas de indubitável valor para aqueles que se propõem a abarcar o mundo em suas histórias, e tenha lamentado sua própria incapacidade de prestar atenção nelas por mais de alguns mesquinhos segundos, entretanto, é só no instante em que está agachado no último corredor de um sebo estreito e extenso da calle Corrientes, invisível por trás de várias fileiras de altas estantes, que volta a pensar em seu personagem.

Um livro recolhido ao léu em meio a tantos outros recusou a permanência entre suas mãos, indo dar contra o chão e deslizando por pouco mais de um metro, talvez de modo um tanto inverossímil, até se ocultar sob a prateleira mais baixa. Sebastián está de cócoras e tateia o piso com as mãos espalmadas, incapaz de enxergar o volume no vão ensombrecido, quando adquire consciência ou se convence de estar diante de uma situação dotada de algum potencial literário. Ali, nas mesmas condições, poderia com facilidade situar seu inominado protagonista e entregá-lo a seu habitual solilóquio de devaneios meditados à exaustão, quiçá também esse sujeito — se escritor — cogitando a possibilidade de situar seu respectivo protagonista nas mesmas condições e entregá-lo a outros — ou os mesmos — devaneios meditados à exaustão.

Uma das mãos colide contra o objeto buscado, cerca-o de dedos e o coloca diante dos olhos, mas o apressado endireitamento das pernas e do tronco provoca nele algo como uma vertigem, e as letras diminutas e semiapagadas ainda tardam para se diferenciar na capa avermelhada. Com vagar, por fim vão se fixando na retina: *El Extranjero*. O prazer que sente de imediato lhe desenha no rosto um sorriso tão legítimo que ele sequer faz menção de impedir: de todos os títulos que poderiam ter se prestado àquela ocorrência casual, formula em estado de euforia, aquele é o mais paradigmático, o mais cabal, o mais perfeito para garantir à cena sua significação latente. É como se o personagem — sim, escritor — de repente se defrontasse com o livro que quer escrever; é como se aquela sombra, mancha pálida a deambular pelas ruas, súbito se conhecesse, se constituísse em corpo, se tornasse presente.

Não. Sebastián imagina o sorriso a se evadir da boca de seu protagonista e aos poucos também o seu desaparece: se a verbalização está longe de ser satisfatória para um, também estará para o outro. Em primeiro lugar, não será em referência à qualidade de estrangeiro que um reconhecimento revelador poderá se proceder; ser estrangeiro, estranho ou alheio aos lugares por que transita, é o que há de mais óbvio em sua posição e em seu caráter, de modo que uma reiteração disso jamais surtiria o efeito de epifania que se poderia desejar. Em segundo lugar, é inócua a sugestão de que seu protagonista estaria topando, dir-se-á magicamente, com a obra que pretende construir; considerando o espaço decerto tardio que poderia lhe reservar na sucessão de fatos, essa ocorrência, em sua alusão tão direta a fenômenos que só se pode compreender como da ordem do fantástico, destoaria sobremaneira do restante do romance. Ou seja, trata-se de uma cena imprestável.

Algo como um leve estiramento dos lábios voltou a tomar conta de sua face, os olhos recobraram o brilho de alguns segundos antes, e Sebastián sabe que o melhor é ainda não dar por encerrada a questão. Seria imprestável, sem dúvida, se não lhe fosse possível acrescentar o prolongamento crítico que acaba de elaborar e que, este sim, por alguma razão que não consegue decifrar, o satisfaz. Seu personagem, então, acocorado nos fundos de uma longa e estreita galeria de livros velhos, encontraria no chão um exemplar empoeirado do romance de Albert Camus, se regozijaria num primeiro momento com a coincidência entre o título e suas próprias circunstâncias, cogitaria transformar tudo em passagem de seu livro e por fim, frustrado, descartaria essa possibilidade julgando-a tola e inútil. Poderia até abrir o livro e ler a primeira frase, *"Hoy ha muerto mamá"*, para certificar-se de vez da ausência de afinidade.

Quando, contudo, suas mãos se põem a folhear página trás página e as retinas vão se maculando de todos aqueles incontáveis sinais gráficos que emergem de um fundo amarelecido, uma nova inquietude o assalta. Camus foi inteligente ao submeter seu protagonista a um julgamento literal, pensa enquanto vai recuperando as recordações do enredo que alguma vez conheceu, pois assim pôde fornir de relevância cada um de seus mínimos atos. O que Joyce e Virginia Woolf forçaram aos leitores pupila adentro, a transcendência dos gestos ordinários e sua supremacia em relação a quaisquer ações heroicas e pouco usuais, Camus os fez absorver com naturalidade e placidez. Mas nada, nessas teorizações fora de lugar e quiçá plagiárias de um texto a que nunca teve acesso, deve ser a causa do incômodo que ora sente: sua perturbação há de se dever à percepção de quão ingênua é a cena que acaba de engendrar. Bastaria que sujeitassem seu protagonista e sua obra ao mesmo escrutínio rigoroso a que por mais de sessenta anos vêm sendo submetidos os de Camus para que ficassem reveladas as incongruências. Que grande intuito poderia haver em uma cena que se realiza apenas para logo ser desmentida? Das verdades ocultas sob as faces neutras de cada nuance que se narra, dos segredos pensados e impensados submersos no mar de palavras, quais estariam à mercê dos implacáveis escafandristas das letras que podem vir a ser leitores e críticos?

Não, a cena não é descartável pela rejeição sumária de algumas formulações que ela suscitou, ou pela infantilidade que se depreende em sua sugestão de iminência do sobrenatural. É descartável porque reivindica ao leitor de maneira muito equivocada, quase desleal, uma especulação a respeito das possíveis similitudes entre os estrangeiros diversos. Sebastián, como o personagem feito à sua semelhança, nada herda da ética cristalina e impoluta de Meursault — exceto, quem sabe, a qualidade de esteta da linguagem que a ambos cala — e seria um tremendo erro induzir o leitor a essa comparação disparatada. Não, o melhor que tem a fazer é procurar entre os volumes multicores que se perfilam nas altas estantes uma greta estreita onde possa enfiar o livro de Camus para não mais encontrar.

O alívio que sente ao se ver livre daquele objeto torna-se mais teatral porque representado pela imagem das mãos a se esfregarem uma na outra, chocando-se repetidas vezes para se desfazerem da poeira impregnada. Só não é completo pelo surgimento inesperado de um vulto negro na periferia da visão; no exato instante em que Sebastián o entrevê, cada um dos seus músculos interrompe sua evolução rumo à máxima distensão possível para um corpo postado em pé, e agora ele volta a se encontrar em situação de sobressalto, o instinto proposto a ditar as ações. Pelo canto dos olhos, o exame a que submete o desconhecido não detecta qualquer traço que se ressalte: um senhor de estatura média, as mãos enfiadas nos bolsos do sobretudo preto em total conformidade com a largura dos ombros, nenhum centímetro de pano que sobre ou falte. Dá meia-volta com lentidão, simulando em um suspiro enfadado o desinteresse por aquela seção, e o movimento lhe serve para uma nova análise: a barba grisalha é até mais cerrada que a sua, mas menos hirsuta, dividindo o rosto quadrado com duas retas transversais; o bigode e as sobrancelhas são fartos, mas não desgrenhados; a cabeleira bem penteada toma parte da testa e é encimada por um chapéu que quase o torna embuçado; a cor dos olhos não se pode distinguir. Aí está, eis a particularidade. Trata-se de um homem inteiramente dado à tarefa de se esconder: o couro dos sapatos, o linho das calças, o tecido grosso do casaco, pelos e cabelos enredados, tudo sobreposto para recobrir a pele e dar a ver o mínimo daquele corpo, daquele rosto.

Uma particularidade, reflete Sebastián, que perfaz o paradoxo de transformá-lo em homem neutro, na medida em que o priva de suas características pessoais. Dos pés à cabeça está revestido de mercadorias decerto produzidas em série, e a face está tapada por cortes e usos bastante convencionais que eliminam, ao menos desse ângulo, qualquer possibilidade de expressar uma emoção: um homem neutro. Um homem neutro, repete para si mesmo, e vai ganhando noção da inutilidade também dessa sequência. Quantos sujeitos iguais àquele não teriam sido descritos nas inumeráveis páginas dispostas à sua frente? Quantos senhores oclusos sob pesados panos pretos?

Quantos cavilosos vultos a revelar nada além da opacidade humana, da estampa inane e fria do semblante alheio? Não. Tampouco esse sujeito obtuso, que acaba de sortear um livro na estante e gastar parcos segundos em sua inspeção para logo soltá-lo sem qualquer cuidado, tampouco esse sujeito obtuso pode lhe servir para a cena de biblioteca que intenciona criar.

Como não pode agarrar o homem pelos ombros e despejá-lo num espaço aberto entre os livros como fez há pouco com o estrangeiro de Camus, só o que cabe a Sebastián é aguardar que o outro saia de seu campo de vista. Isso tarda alguns segundos, poucos como são poucos os passos lentos que o distanciam, mas suficientes para que um novo desejo venha se configurando em sua mente, a um só tempo tão intenso e tão ordenado que logo pode ser exteriorizado: quer ir atrás do livro que o senhor apanhou e depois soltou de volta à estante. Sebastián tem consciência de que tal vontade decorre da mesma fraqueza, um tanto mística, que o levou a se interessar pela obra que deslizara pelo chão. Sabe que, não importando quão afortunado seja o título que encontrar, seu cérebro cuidará de classificá-lo como mero fruto fortuito do acaso, ou mesmo como uma cruel e espalhafatosa ironia do destino, cruel por se saber de partida inutilizável. Antevê com clareza o fato de que, ao fim de um intrincado processo de depuramento e racionalização, o resultado daquele interesse insensato não lhe poderá ser nada mais que indiferente. Todavia, seus olhos são incapazes de encobrir a decepção quando se cravam na superfície inscrita: *Teoría de la restauración y unidad de metodología*, de Umberto Bandini.

Agora está caminhando em meio àqueles lineares amontoados de papéis e capas, e é como se suas pernas se dobrassem ou encolhessem, seu tronco de chofre mirrasse, e ele voltasse a ser o menino acanhado que alguma vez seu pai levou a um desses lugares. Será lembrança, ressignificação ou retorno do traumático, o caso é que consegue sentir como nunca desde então a prosternação que lhe provocavam todos aqueles volumes empilhados. É fácil entender que o garoto buscasse com mais renitência a mão do pai diante da imponência daquele espaço desconhecido, tão fácil quanto presumir e respeitar que se visse desamparado nas tantas vezes em que o outro se desvencilhava. Para alguém que acabara de aprender a possibilidade de juntar as letras e formar sílabas que ficassem registradas, que apenas começava a intuir o poder de conformidade e deformação de cada relato e de cada frase, devia ser inquietante e assustador aquele oceano de ondas que eram páginas, aquele celeiro de monstros vários, selados, imperscrutáveis. E tanto faz se nos primórdios chegara a essas imagens; a questão é como aceitar que se veja em situação de igual desamparo neste instante tão longínquo no curso do tempo? Como compreender que suas pernas se ponham a tremelicar tal como as do menino ingênuo consumido pelo medo?

Agora está caminhando em meio àqueles lineares amontoados de papéis e capas, e cada um de seus passos parece ter de ser calculado, como se o corpo de um momento para o outro desconhecesse a sucessão de automatismos tão necessária. Há algo na infinitude das páginas que o cercam, algo em sua natureza eternamente insondável, que continua a açodar seus gestos e a mantê-lo, mesmo adulto, intimidado. Como saber o que deve ser escrito, como adivinhar o que não está estampado e proscrito, se a totalidade daquelas letras será para sempre, e para todos, indevassável? Como pode o escritor liberar-se das amarras de uma tradição que jamais lhe será por inteiro revelada?

Não, o melhor é que não se proponha nenhuma dessas questões, que saiba camuflar-se entre os livros como se camuflou entre os passageiros do ônibus uns tantos minutos atrás, que releve esse mundo de frases que, no fundo, são demais, que saiba agarrar a si mesmo pelos ombros e despejar-se sempre à frente pelos corredores de uma biblioteca, pelas calçadas, pelos cafés e nos espaços abarrotados, sobretudo nos espaços abarrotados, que compreenda por fim que ninguém se importa nem um pouco com o que ele faz ou desfaz, que ignore os resquícios confusos do menino que não, não é mais, e que teimam em assediá-lo toda vez que está em vias de perder o fino trato de sua disposição racional, que vá se levando pé ante pé para fora daquele lugar, que faça um breve aceno de cabeça para o livreiro e que esse aceno tenha a aparência do normal, que esqueça, ao menos por ora, que alguma vez meteu-se em um sebo da calle Corrientes e pôs-se a imaginar uma cena em que um personagem imagina um personagem que transita em meio aos livros, nada frugal, e aos poucos se deixa acometer pela opressão e pelo mal-estar.

# 8

É com pesar que Sebastián observa as pegadas a se dissiparem dos azulejos da calçada. Não por conceber que nesse desvanecer de passos, de marcas d'água cobertas e apagadas por mais água, há um símbolo para a dissipação que habita seu peito nessa tarde chuvosa, nem por se dar conta de que, da mesma forma abrupta como desaparecem os passos à sua frente, os seus também desaparecem às costas, restringindo-se sua proeminência ao segundo exato em que o pé assenta sobre a superfície molhada. Tampouco por se ver incapaz de acompanhar com precisão o rastro de quem caminha metros adiante, uma vez que não tem a quem seguir e sequer esquadrinhou a silhueta daquele que abandona as efêmeras pegadas. É com pesar que as observa — alcança enfim a razão acobertada por tantas suposições — por ver nelas belas imagens encarceradas nas lajotas quadriculadas, polígonos que malbaratam vestígios da vida livre na cidade igualmente quadriculada.

Ou essa não será a verdadeira razão. Pois tão sensato quanto lamentar o aprisionamento daquela imagem e dos pés que a suscitaram seria celebrar o simples acontecimento de sua existência, a emergência imprevista da beleza provida do que se poderia admitir como seu enquadramento necessário. Não podem ser bonitas todas as pegadas: se foi capaz de considerar estas assim, há de ser justamente por sua curta duração e por sua presença deslocada. Mas isso não impede que tenha havido e ainda haja um pesar, e não permite que ele se prive de vasculhá-lo. Talvez o sutil aborrecimento se deva a um presságio do caráter inexplicável daquela beleza e mesmo da impossibilidade de captá-la. Seria o charme das pequenas coisas simples, alguém poderia argumentar, porém ignorando uma evidência das mais graves: nada há de simples no mecanismo que faz a passagem súbita dos sapatos ficar gravada para um segundo depois se dispersar; nada de banal e descritível nessa criteriosa relação entre a matéria dos azulejos e as gotículas do líquido natural despejado. E se quisesse inserir essa ocorrência em meio a tantas outras que imagina para sua obra, quanto não se perderia em explicações indesejáveis. Só o que poderia fazer seria citá-la com brevidade e torcer para que o leitor atentasse e soubesse interpretá-la.

A presteza do raciocínio, contudo, não pode senão coadunar com sua fugacidade, de modo que não há dele qualquer resquício quando Sebastián atravessa a entrada do museu envidraçado, como se a matéria impalpável do pensamento houvesse sido barrada pelo rigor seletivo da porta automática. Para seu infortúnio, o que lhe sobra é tão somente uma vivência atordoada, a sensação inexata e vazia de sentido que decorre daquilo que a imagem não documentada simbolizava — ou poderia simbolizar para um autor mais eficiente. É nesse incômodo estado de vacuidade que ele retira da carteira os dez pesos que lhe servem para comprar o ingresso da exposição de Picasso e os entrega à senhora de expressão indiferente.

Com cumplicidade e o indevido prazer que advém da compaixão, Sebastián percorre a fase azul. Duas irmãs piedosas que se escoram uma na outra, um homem e seu filho descalços em uma praia de frio invernal, um autorretrato angustiado. À sua frente, em seguida, uma mulher encapuzada e sisuda encara-o com seu único olho bom, mas é a miséria, e não a censura, o que parece depreender-se de seu sólito olhar. Os cabelos grisalhos, as orelhas, a metade à mostra do pescoço, os vincos do rosto, tudo se recobre de densas sombras azuladas. Azul também é o desornado fundo do quadro, como o de todas as outras obras, monocromáticas. Curioso que o artista tenha se visto na necessidade de apelar a um recurso tão extremo para chegar à atmosfera melancólica desejada, que não tenha se dado por satisfeito com a força expressiva de cada uma daquelas imagens, muito mais do que meros vultos na bruma anilada. Curioso, mas interessante, pelo acréscimo de intensidade que as reiterações podem proporcionar.

Não pareceria de todo impróprio que um escritor tentasse matizar seus textos também com esse fundo, dotando sua obra da mesma força retinta, do mesmo adoecer das cores da vida. Mas como? Claro está que não poderia criar sua trama, construí-la por inteiro e só então tingi-la de melancolia. Como a primeira pincelada do outro, teria de ser azul a exata primeira frase a imprimir-se sobre o papel, a página que abre o romance e a que o fecha — ou ao menos as que abrem e fecham o capítulo que se queira azul, que se queira triste. Mas de nada vale inserir a palavra azul tantas vezes quanto possível, pois não é na palavra que reside a tristeza remetida. Que se pense, por exemplo, em um amor azul: seu efeito seria o contrário de toda essa realidade. As cores, quando escritas, tornam-se mais suscetíveis; para que o efeito pretendido se realize, exigem menção mais explícita — falar do fim azul de um amor, da interrupção súbita e azul de um namoro, de um abandono azul. Que efeito, que fim? Usurpar a ideia do outro como se assim pudesse dar vazão à sua própria? Comparar-se ao artista pelo remoto acaso de terem ambos nesse momento a mesma idade? Desejar que algum leitor percorra suas linhas com a mesma cumplicidade e o mesmo prazer que sentia há pouco, sem que se dê conta de que se trata, na verdade, de um engodo, de uma imitação empalidecida da fase azul de Picasso?

Inelutável mania de se perseguir, de ser ele mesmo a assombração em seu encalço. Não é para isso que está aí; queria era se distrair, era presentear aos olhos um mundo mais interessante do que a massa iracunda que atrás deles se esconde. Era largar os abstratos impedimentos da linguagem e entregar-se à concretude dos matizes discerníveis, da tinta misturada, matéria palpável. Era abrir mão das frases pensadas, dos conflitos vários que se erigem, ou emergem, ao formulá-las. Queria era esquecer de si.

Queria ser, por algumas horas, como esse arlequim sentado que abre a nova sala: um simples estudo, o arlequim cansado, nem bufão, nem saltimbanco, nem truão, mas veja-se só quanta dignidade. Também é um outsider, mas está redimido pelo cunho irrevogável de sua arte. Um arlequim sentado é ainda um arlequim, como um palhaço é um palhaço enquanto não descasca e cai sua máscara. E um pintor há de ser um pintor desde o instante em que acorda, vestido a caráter pelos primeiros raios de cor que incitam seu nervo óptico. Mas, um escritor, como é que ocorrem as palavras? Onde elas se resguardam quando está tudo silencioso e parado? Serão já palavras se não viraram som, se ainda não foram verbalizadas? E a que pode se apegar um pretenso escritor quando seus vocábulos domésticos teimam em desertá-lo?

Não, mais absorventes que a fase rosa de Picasso hão de ser a pele rosada da mulher que se apresenta ao seu lado e a forma graciosa como ela franze os olhos e os compenetra no mesmo menino sentado. Pouco importa se a cor da pele é natural ou reflexo do que se vislumbra na tela, do casaquinho lilás; há elegância em seus cabelos curtos, equilíbrio no pescoço alongado, juventude nos cachos desiguais que passam rentes ao ombro sem se deixarem roçar, marotos. Não é mulher, é uma garota de traços finos, pura graça e simetria. Sua elegância, seu equilíbrio, sua juventude são muito mais do que Sebastián poderia desejar para esta tarde, muito mais desejáveis, muito mais atraentes do que as lucubrações inconclusas que Picasso pode motivar. Muito mais verdadeiros, talvez, do que qualquer sugestão imprecisa de carência, de solitude, de perturbação — e a isso já não pode haver menção.

Segui-la por esses anos de 1905 e 1906 é só o que cabe a Sebastián fazer, mas seguir é uma tarefa quase tão delicada quanto aquela face rubra e por isso requer a mesma habilidade e o mesmo cuidado que deveria haver no ato de tocá-la. Por ora, a intenção única é examinar os gestos dela e julgar a melhor maneira de se fazer notar, para que então esteja autorizada uma aproximação mais assertiva, uma abordagem conspícua. Sebastián pode não saber ao certo, mas há em seus passos em direção à garota e à próxima obra algo de sua cautela de menino ao abrir a porta da sala, ou de sua timidez medida ao adentrar o quarto da mãe adoentada. A distância que o separa dela quando detém a caminhada pode ser exatamente a indicada em normas consuetudinárias de comportamento em museus, mas talvez seja igual à que o separava da mãe quando ele se detinha, por um breve segundo, antes de ser liberado para sentar-se à cama. E a tensão que nesse instante comprime suas mãos e as faz tão rápido transpirar, o prelúdio de estremecimento que arrebata seu corpo toda vez que se aproxima com mesura de uma mulher desconhecida, não hão de ser simplesmente parecidos ao daquele outrora, e sim frutos da mesma ansiedade.

Tensões e estremecimentos dão a seu rosto um ardor mais condizente com os acrobatas e dançarinos que vêm desfilando ali adiante, resultado que em seguida pode ser confundido com um entusiasmo de apreciador das artes quando as obras passam a se mostrar a um só tempo planas e multifacetadas, ou com a curiosidade fútil de um leitor ávido de cartas obscuras e pessoais nunca enviadas. Por três das telas e um valoroso minuto com os olhos de ambos cravados em uma das cartas, estando sempre garantidos alguns intervalos calculados, Sebastián reincidiu em posicionar-se junto à garota. Ainda não próximo o bastante para ter a certeza de haver sido descoberto e, desse modo, porventura isento da possibilidade de ter sua presença lamentada. Contente, Sebastián se abstém de perceber em si a paradoxal situação de sentir-se bem por se saber distraído (e tampouco se vê impelido a atentar para o excesso de sibilâncias).

De um modo ou de outro, no entanto, Sebastián sabe que é chegado o momento de recuar, de suspender até mesmo essas investidas mais sutis e avaliar se de fato a garota tem se prestado à proximidade. Tentando disfarçar a própria dissimulação, dá-lhe as costas em um gesto de eventual desinteresse e passa a transitar mais veloz por entre violinos e violões despedaçados e garrafas de absinto que já não podem ser identificadas, ganhando consciência de que em sua distração foi excomungado do sentido de toda aquela arte. Tão precoce parece o ano de 1914 para que o outro tenha desistido da peculiar e expressiva representatividade de antes! Tão louvável, por outro lado, sua capacidade de prefigurar os espólios de uma crise que só se agudizaria umas tantas décadas mais tarde, expirados os suspiros das vanguardas! Não, a jovem de pele rosada e casaquinho lilás está de volta a seu campo de visão e acaricia o queixo fino entre o polegar e o indicador enquanto fita o mesmo objeto talhado. Teria ele se demorado demais nessa sua rendição a exclamações semivagas, significando assim a aparição dela nada mais do que um cruzamento inevitável? Ou teria ela adiantado os passos para se apresentar ali de propósito e dar a entender que está disposta?

Algo mais precisa fazer para obter uma resposta: equivocar-se de trajeto e adiantar uma sala, um ato ousado o bastante para lhe conceder a certeza e ao mesmo tempo anulável mediante uma encenação das mais baratas, a pergunta em voz possante ao segurança. É o que faz sem grande alarde, indo parar no ano nem tão distante de 1932, anunciado pela placa anexa à tela *Jeune fille devant un miroir*. Poderia ser-lhe interessante, mas Sebastián não se presta a perscrutar a obra e não pensa na astúcia de Picasso ao pintar o reflexo da jovem tão diferente dela própria, uma nuance que talvez pudesse distorcer para interpretar como expressão da impossibilidade de toda e qualquer mimese. Não perscruta e não pensa porque está concentrado em outra jovem, aquela cujos passos audíveis parecem oscilar de lado a lado, vacilantes, como ele entende, entre seguir o trajeto indicado e pular também para aquela sala. Ou não será indecisão o que promove a oscilação do ruído dos sapatos contra o piso, e sim o natural saracoteio do corpo que deve passar próximo às quatro paredes de um cômodo cúbico. Mais à direita por alguns segundos, mais à esquerda por uns tantos outros, agora uma sequência de passos talvez mais apressados e, sim, ela traspassou a porta, está ali, a menos de um metro, a garota jovem em frente à garota jovem em frente ao espelho.

É fato, inquestionável, indiscutível: o jogo está estabelecido. E então não se trata mais da ansiedade que o dominava quando à porta do quarto da mãe, e sim da euforia que precedia as noites de sono do menino, a presença pujante da mulher em seu quarto, vestindo nele o pijama, um braço e o outro, uma perna e a outra, conduzindo-o pelas costas até a cama, sentando-se ela na borda. Todo um conjunto harmônico de gestos que agora se repete, excetuados os contatos, entre tela e tela da mesma sala, a garota e ele silentes, absortos, caminhando lado a lado. Quando ambos acordem será preciso escolher palavras, mas por ora é melhor não fazer nada, sequer perceber a nostalgia; apenas entregar-se à delícia da companhia. Está quase de todo abstraído quando ouve o alvoroço dos tecidos, a seda da calça, se a calça é de seda, anunciando a súbita partida.

A garota está cruzando-o pelas costas e Sebastián dá-se conta de não ter antecipado o próximo desafio: ela se dirige ao piso superior do museu e já iniciou a lenta escalada de uma rampa pouco íngreme. No outro andar, não é pequeno o risco de que ela enverede por caminhos imprevistos e desapareça aos recursos cautos do perseguidor, à sua polidez medida. Sebastián sente, contudo, na intuição construída pelos poucos anos em que vem se dedicando a tais passatempos, que não lhe cabe partir de imediato, persegui-la de tão perto, render-se à execução de passos óbvios, que romperiam a harmonia com uma desnecessária contiguidade de traslado. Não deve iniciar sua subida pela rampa até que a moça alcance o topo e decida se o espera ou não — ainda preso ao quarto de pouco antes, não deve abrir a porta que a mãe fechou e ir, como uma criança, atrás dela pelo corredor.

Por parcos segundos, Sebastián tem a vaga sensação de reconhecimento para a qual o mundo inteiro, por incompreensível preguiça linguística, preferiu adotar o nome francês de *déjà-vu*, mas assim que crava os olhos na tela à sua frente o sentimento desfalece e se esvai: não é uma obra que saiba identificar ou uma imagem que lhe diga qualquer coisa. Por sorte, recolhe-se a tempo de flagrar a nuca da jovem quiçá indecisa no topo da rampa, virando a cabeça para o lado direito e desse modo, talvez, observando-o na periferia da visão, voltando-a em seguida para o lado esquerdo por onde prossegue a exposição. Revigorado, Sebastián pensa compreender aquele gesto tão sutil e dá-se a permissão de apressar as pernas ladeira acima, preferindo ignorar o segurança que, à direita, no piso superior, cede ao sono apoiado à parede, a boca escandalosa e aberta.

Reencontra ali a nuca da jovem e seus cachos desiguais que passam rentes aos ombros, toda a silhueta recortando ainda mais um quadro já colorido e fragmentado. Fecha um olho e a matéria se plasma em uma imagem única e tão perfeita que lhe resulta impossível não se render à incongruência: aquele crânio diminuto com cabelos a um só tempo desgrenhados e elegantes poderia muito bem ter feito parte da obra original, tivesse Picasso a descoberto em uma exposição póstuma que o homenageasse. Sim, talvez sejam essas as palavras que lhe cabe dizer, embora Sebastián as rejeite de imediato pensando que um primeiro comentário devesse ser algo menos pretensioso, livre do peso de um elogio que a garota fatalmente interpretaria como galanteio inadequado. A atitude mais óbvia seria fazer uma apreciação objetiva da obra do artista, como agora aventa, mas isso também não seria de todo conveniente, pois ela poderia entender como a demonstração forçada de um conhecimento que sequer perceberia deficiente. A deficiência do conhecimento, por sua vez, valeria sim ser explorada, como convite para que a outra se propusesse a lhe explicar o que sabe, aliando-se as ignorâncias mútuas para um enriquecimento da mostra; demonstrar ignorância em um primeiro contato, porém, consistiria em algo por demais arriscado, de modo que o melhor é deixar também esse ponto para uma próxima etapa.

"*¿Que pasó, mamá?*", desespera-se um menino gorducho, a voz trêmula e os olhos lacrimosos cravados no cavalo que pisoteia uma figura humana, disforme, garrancho dramático prenunciando *Guernica*. Puxa com força a mão da mulher para baixo, uma e outra vez mais, num gesto aflito por algo que explique, ansioso pela noção exata que o apazigue. A mãe se cala por alguns instantes, quiçá inibida pelo estranho barbado que se apresenta como testemunha do diálogo. Parece não saber se dobra os joelhos e seca o rosto do filho com a manga da camisa, que aperta entre a palma e os dedos, ou se mantém a rigidez das costas e o olhar aderido ao desenho. Tem de liberar dos dentes o lábio inferior quando por fim se presta a responder: "*No pasó nada, hijito. Es sólo arte, es de mentira.*"

Diante de uma tosca cabeçorra de touro, uma escultura protegida por vidro e visível por todos os lados, a jovem espera por ele. A opção de Sebastián, desta vez, é por uma nova posição que agregue elementos ao jogo: posiciona-se logo em frente, separados os dois apenas pela obra e por duas camadas paralelas de vidro, que por dupla e ineludível refração elidem a graça e conturbam a simetria do rosto alheio. É a segunda deixa para que ele comente a plausibilidade dela como personagem de Picasso, mas agora é patente que tal parecer poderia ofendê-la, levando-se em conta a tosquice tão grosseira do objeto tomado para a comparação. Nada que possa dizer nesse momento, nenhuma brincadeira espirituosa que a faça rir, cuidaria de redimir a escolha de cenário tão impróprio para um primeiro colóquio amoroso. Nada além daquele encontro inédito e um tanto anódino de olhares, do soar de cada respiração semiofegante, seria bom o bastante para quebrar o silêncio e transformar a dinâmica da relação. Talvez, cogita Sebastián, as palavras não caibam nesse lúdico processo de sedução, que ainda deve se aprofundar em idas e vindas, aproximações e afastamentos, sequências e desvios. Não vale a pena minar um relacionamento que tem se consolidado com tanta peculiaridade, e em que os verbos só serviriam para romper o encanto das poses. Dos movimentos à carnalidade, direto, sem permeios, sem meandros verbais, seria possível? E ela, como um touro a driblar o toureiro já se vai para outra sala e, sim, como um touro, poderia ser sem palavras levada pelo toureiro à carnalidade, por que não?

Mas touro, toureiro? Com que insensibilidade arroga essas metáforas, com que empáfia intolerável infere que seriam esses os papéis representados. E teria ele qualquer direito de interpelá-la, de segui-la, por mais cortês que se mostre, por mais respeitoso e adequado no trato, simplesmente porque ela está desacompanhada?

Não, que não se desentretenha com tais incomodidades. Calado e vazio ele a acompanha pelas últimas décadas da vida longa de Picasso, e calada ela também o acompanha, mas é um misto de vergonha e desorientação o que o domina no fatídico ano de 1973, quando enfim o artista morre. Um susto injustificável o assalta, seguido da sensação de estar sendo vaiado em uma praça de Málaga sob a sombra de milhares de polegares virados para baixo. Sentimento esse que volta a se mitigar quando ele descobre a mão da garota a conter a porta do elevador, esperando que ele ali se enfie, e repara, derradeira esperança, que no rosto da jovem jaz um meio sorriso indecifrável. Fosse da Vinci, e não Picasso, valeria a comparação ao tal sorriso enigmático da Mona Lisa, mas não, tanto melhor que não seja, pois senão ele estaria tentado a render-se ao clichê e nada mais o remediaria. Quando já não vê qualquer expressão facial — quando, ombro a ombro, encontram-se sós pelo breve espaço de um andar — Sebastián vasculha sem sucesso as palavras que lhe cabe dizer e consegue pensar que proferiria qualquer uma das frases ideadas antes, se nesse instante as lembrasse. Nada lhe sobrevém, preserva-se o silêncio, e a porta do elevador se abre para revelar uma noite de chuva ainda mais densa do que a da tarde.

Algo está rompido e Sebastián, não querendo se ater à retirada lenta e cabisbaixa tão característica do fracasso, não hesita em apressar passos. Despreocupa-se com as pegadas que se perdem no piso molhado, ignora os rastros que não deixa e cuja falta, em outra dimensão, haveria de impedir que a jovem o seguisse. Só para quando tem de ajeitar os sapatos ensopados, e então ela o ultrapassa correndo até paralisar as pernas velozes no primeiro teto que se apresenta, a fachada estreita de uma loja. Amarrados os cadarços, ele caminha na mesma direção e logo voltam a se encontrar lado a lado — ela olhando a vitrine, ele a rua, o que torna aceitável a aproximação maior entre os corpos. Seu ombro, sim, agora roça o ombro dela, seu ombro roça o ombro dela e estremece, seu ombro há de ruborizar por baixo dos tecidos, e ela se põe a virar o corpo e enquanto o faz, por um átimo, esteve com os lábios virados para ele. Tivesse se demorado um pouco mais, tivesse o encarado, e ele teria sucumbido ao reflexo de também se virar para ela, de fitar aqueles lábios e fisgá-los, de dar ao jogo o fim que merece.

Recuperado o fôlego, a jovem reinicia sua corrida e Sebastián não é capaz de mais nada a não ser acompanhá-la com os olhos, a afastar-se, tendo uma trégua de bem-estar quando se dá conta de que não mira seus pés, seus sapatos, suas pegadas, e sim as costas e a nucá que se vão, cada vez mais impreteríveis e pretéritas. Ela ainda se detém por um segundo na esquina, de onde talvez saiba que já não verá aquele que lhe destina olhares, e que já não terá seu casaco roçado pelo homem detrás da barba e do sobretudo verde. E some atrás da esquina, talvez sem saber de nada.

Obedecendo a um impulso, então, desprezando tramas e cálculos que deveriam pesar em tal decisão, Sebastián resolve tentar alcançá-la, dobrar a mesma esquina, puxá-la pelo braço e, que se danem as palavras apropriadas e a preservação de qualquer encanto, perguntar se o viu, se o acompanhou, se segurou a porta do elevador, se jogou. Traído por seus próprios sapatos, vê-se de súbito arremessado ao chão e enquanto cai sabe, ele sim, que nunca mais verá aquela nuca e aqueles cabelos e, pior, sabe que não se importa. Sabe também que não é a primeira vez do dia em que se vê a desabar. Sim, porque são lamentáveis os que veem em cair para baixo uma redundância, ignorantes de que se pode cair pelas calçadas quando se caminha sem que necessariamente se beije o chão, e que se pode cair pé ante pé pelas galerias de uma exposição, inclusive rampa acima, e que se pode cair também por um elevador estando seus cabos todos em ordem e interrompendo-se a descida no andar previsto. Quando chega ao chão, Sebastián pensa que, fosse ele outro e fosse outro o tombo e fosse outra a narrativa, poderia cogitar que uma das gotas que lhe percorrem a face fosse um tanto mais salgada do que as tantas outras gotas.

# 9

Existe uma história? Se a inefável instância da experiência tão logo se dilui em nada, turva lágrima e densa névoa, antes mesmo de se deixar perceber, compreender, concatenar a outros domínios igualmente evanescentes. Existe uma história? Se o tempo, com tal empenho e desfaçatez, cuida de dissolver também as marcas físicas dos acontecimentos antológicos ou corriqueiros, legando ao universo um passado rarefeito e a imutabilidade paradoxal das coisas sempiternas. Existe uma história? Se não há conflito, não há enredo, se a realidade concede apenas uma linhagem vaga de eventos, sem sucessões lógicas a cerzir ou emaranhados míticos a descosturar. Existe uma história, se toda metáfora e toda memória são insatisfatórias?

Alguém certa vez lhe disse, e talvez tivesse razão, que os sentidos só se dão a ver quando as palavras fogem em derrisão, de modo que Sebastián pode ter tomado breve ciência de tudo isso ao observar a foto empoeirada que foi buscar nas profundezas de uma gaveta e agora tem às mãos. Trata-se do menino, de novo, franzino dentro do uniforme que lhe sobra nos braços e nas pernas, tendo a mãe se privado de fazer a barra. Tampouco há de ter sido ela quem tirou a fotografia, pois o fundo de tijolos geométricos lhe é reconhecível e era Dominga, a governanta, quem o levava dia após dia até o portão da escola. Com o dorso da mão, Sebastián tenta limpar a camada de poeira que embaça a paisagem, vindo a descobrir que está incrustada demais para que possa ser varrida sem produtos químicos, ou que não é isso o que oblitera a imagem, e sim o desbotamento natural resultante do passar dos anos. Não é de todo visível, mas parece estampado nos olhos do menino um vago pavor, não do tipo que revela a circunferência completa da íris: há em seus olhos um medo um tanto mais desolado, resignado quase, como se o menino já estivesse familiarizado ao abandono iminente e ainda assim o lastimasse.

Todas as manhãs, Dominga soltava sua mão em frente àquele muro de tijolos ocres e esse era seu momento de maior solidão, mais distantes do que nunca os toques suaves da mãe sobre sua tez, mais calada do que nunca a voz protetora do pai, a voz protetora e áspera. Sim, porque algumas horas depois seria capaz de se valer da exaltação dos colegas como fonte de distração, e também saberia acompanhar com dose crescente de encanto os gestos delicados da professora, mas no específico momento em que Dominga largava sua mão ele temia, todas as manhãs, não conseguir se adaptar ao convívio forçado com aquela quantidade assombrosa de mentes e corpos desconhecidos. Sua solidão era o oposto da solitude, a intuição de não ser inerente à turba, e a um só tempo a antecipação de um mal que não viria.

Nunca fora dado a dramas de abandono. Mesmo antes, no jardim de infância, não era de seu feitio chorar ou fazer alarde quando a mãe lhe dava as costas, aceitando o beijo de bom grado e logo se entretendo em outras propostas, comunais ou solitárias. Por recato ou algum senso precoce de coerência, agora também não cabia fazer escândalo, aferrar-se à mão de Dominga e reivindicar a volta imediata, mas o caso é que sobre os ladrilhos argentinos só sabia andar cabisbaixo. Podia erguer a vista quando atravessava o portão e quem sabe solidarizar-se com o velho vigilante — cujo nome os garotos repetiam, Gareca, Gareca, Gareca, deliciados com a idiotice do cacófato —, mas naqueles instantes era difícil não se apegar à imersão soturna na própria, discreta, desgraça. Em outras manhãs já se dedicara à análise minuciosa das combinações entre seus quatro nomes, concluindo com alívio que dessa maldade estava resguardado.

O pátio central era um espaço amplo polvilhado de grupos pequenos e grandes, garotos que falavam mais alto quanto mais velhos fossem, um e outro correndo em perseguições desordenadas, poucos encostados às paredes, amolecidos pelo sono. Custava ao menino fingir que não estava perdido. Das primeiras vezes, tentara aproximar-se às rodas dos colegas que julgava mais próximos, emprestar-lhes ouvidos e rir quando eles riam de alguma piada incompreendida ou insossa, para aos poucos ir emparelhando aos deles os seus ombros. Não fora capaz, contudo, de lidar com os constantes olhares de repreensão e com alguns comentários dissonantes, zombarias num tom que demoraria anos para descobrir sarcástico. Em voto de humildade, preferiu não mais se arriscar e passou a gastar os minutos que precediam as aulas perambulando entre as aglomerações de crianças, tolhendo-se da tentação que era deter-se para conversar com qualquer rosto mais amistoso, ou da covardia que seria trancar-se toda vez no banheiro; o segredo para a exclusão perfeita era nunca titubear nas encruzilhadas do trajeto, nunca mostrar indecisão, caminhar com fôlego em circuitos longos e complexos que não pudessem ser mapeados sequer por improváveis atenções alheias.

O sino estridente surgia para acentuar essa comezinha vitória cotidiana, tendo o poder de encerrar seu périplo. Em poucos segundos os corpos estavam todos alinhados, série por série, classe por classe, tendo cada criança um lugar preciso nas filas organizadas por ordem de altura. Controlada a desmesura, todas as gargantas se igualavam na submissão ao silêncio obrigatório, com a exceção restauradora do canto que se erguia metros adiante, palavras mais tremelicosas do que melódicas do aluno eleito para entoar o hino e içar a bandeira. Mesmo nos timbres desordeiros do garoto mais púbere, nos trinos agudos da mais desafinada garota, não se deixava ouvir qualquer traço de timidez, qualquer indício de vergonha; zelosa do reconhecimento que aquilo representava, a voz se inflava sempre de orgulho e pompa. O menino, alto o bastante para não ocupar o primeiro lugar da fila, baixo o bastante para não ser relegado ao último, poderia viver ali seus primeiros minutos um tanto mais confortáveis, não fosse por uma indizível inquietação que o tomava, algo como um remoto senso de injustiça. Estudava; por vontade ou falta de opção, prestava atenção nas aulas; fazia as coisas com o máximo cuidado e, por mais que vez por outra deslocasse uma palavra nova, em geral tudo saía em ordem. Não podia saber quão mais brilhantes eram os cantores mirins homenageados, mas, sim, ele era um menino bom. Seria injusto o diretor que não o tomasse por bom aluno, que lhe negasse a necessária ascensão; injusto o diretor que o privasse da glória que poderia ser sua redenção.

Nunca havia tempo para que o estranhamento se tornasse indignação. Em poucos minutos estava sentado na cadeira que lhe era reservada, e a mesa correspondente cobria e velava seu corpo ao menos até a metade do tronco, de modo que ali só precisava controlar os movimentos e hábitos dos ombros e do rosto. Curvar-se para a frente e deitar o olhar sobre livros e cadernos em branco — de preferência os primeiros, que ofereciam um entretenimento absorvente — era um ato que lhe garantia suficiente clausura. Era assim que aguardava até que a bagunça circundante esmorecesse, algo que só ocorria quando a palma aberta da professora estrepitava contra a madeira de sua própria mesa, num gesto que a princípio corroborava a confusão matutina para logo rasgá-la e, por fim, idealmente, aboli-la. Só então podia notar a ponta de uma orelha que transparecia entre cabelos lisos e compridos e, embaixo, ensombrecidas pela cadeira, sapatilhas pretas e longas meias brancas erguidas até os joelhos finos da menina; sentada na primeira fila e compenetrada como de costume, ela não dava o rosto a entrever.

A professora tomava a palavra e, embora já não fossem seus primeiros dias, aquilo sempre causava ao menino um insólito sobressalto. Através dela enfim dera-se conta de que todo um povo falava o idioma de sua mãe, de seus pais, e agora toda vez que aquela voz irrompia em palavras inaugurais processava-se nele algo como uma redescoberta. O curioso é que em muitas ocasiões já ouvira o espanhol saído da boca de outros, mesmo antes de entrar na escola, mas não, havia sido nela, na professora, que o fato se mostrara excêntrico o bastante para merecer nota. O ato da chamada se traduzia em pura ansiedade: demorava a chegar sua hora, mas, quando chegava, *Sebastián*, a pronúncia era perfeita, o A final bem aberto e o N se prolongando, quase exigindo um sorriso involuntário, a língua colando ao céu da boca e a lembrança da mãe quando o chamava do quarto ao lado. O deleite era passageiro; aqui não podia se levantar e caminhar até ela, menos ainda tomar sua mão e entrelaçar os dedos. Tinha de se render à frialdade do *presente*, de S sibilante e T de encontro aos dentes, como aprendera.

Num suspiro estendido e numa graciosa manobra do braço que anotava o assunto na lousa a aula se iniciava. No discurso fluido da professora nada era medido e nada destoava, frases após frases se sucedendo da maneira mais harmônica, quase um canto desregrado e cândido em que o silêncio de fundo era o melhor acompanhamento. Não por acaso incomodava o menino qualquer interrupção ou atropelamento, os sussurros distantes que emergiam dos rincões e iam crescendo até se converterem em aulidos e risos pouco contidos. A mão então voltava a ser instrumento e ressoava sobre a madeira, restabelecendo o silêncio conspícuo que se perdera. O menino retornava a seu estado peculiar de simultânea concentração e ensimesmamento, intrigado com a naturalidade de toda aquela erudição, com a vastidão de todo aquele conhecimento. Como alguém podia saber tanto? Que feitiço ou encanto estava por trás das lições tão densas? E de onde tirava as palavras para que provocassem tamanho deslumbramento?

Depois vinha a hora dos exercícios e ela se punha a passear entre as mesas. Cada aluno se debruçava sobre as questões copiadas da lousa e se esforçava o mais que podia até que ela se plantasse detrás de suas costas. Sua sombra esbelta se projetava no caderno e a pergunta se desprendia em tom plenamente audível: "*A ver, Ignacio, ¿qué designa la expresión 'mar dulce'?*" O menino franzia os olhos e repetia para si mesmo, *el río, el río*, preocupado em fazer a língua vibrar contra o palato. Em seguida apressava-se em ler os itens todos para verificar se alguma questão lhe escapava, embora soubesse de partida que, em se tratando de um teste de história argentina, a ele estava reservada uma das mais fáceis. Era até capaz de prever: a resposta dele haveria de ser San Martín ou Sarmiento. Ao afortunado que acertava a inquirição e não tinha qualquer erro rabiscado no caderno, podia calhar de lhe pousar uma das mãos sobre o pescoço, como felicitação, mas o menino já largara de esperanças. Sabia que o máximo que receberia seria um tapinha rápido no ombro, amortecido pelo tecido do agasalho e insuficiente para sentir se a mão alheia estava fria ou cálida, se os nós dos dedos eram escarpados ou macios. De modo que acabava mesmo por ansiar que aquela etapa se encerrasse, para que a distância e a ilusão da memória recobrassem o encantamento impossível.

Mas houve o dia em que também esse precário idílio foi rompido, e não pelos murmúrios inoportunos que ecoavam no canto da classe. De um ponto inidentificável, uma voz mecânica se impôs em cima das outras e exigiu que fossem cessadas todas as atividades, e que todos os alunos se dirigissem de imediato ao ginásio. O desordeiro arrastar de cadeiras foi logo sobrepujado por um burburinho intenso, em que as hipóteses mais esdrúxulas eram aventadas: tratava-se de uma ameaça de bomba de um grupo de adolescentes terroristas insatisfeitos com a extensão das lições de casa; do anúncio do retorno súbito e irrevogável dos militares ao poder, como o pai de um avisara; de um rearranjo-surpresa das classes levando em conta performance e comportamento, e culminando na expulsão em massa dos mais arruaceiros. Por um instante, o menino esqueceu o susto, apurou a audição e cuidou de se admirar com tantas especulações: era incrível a amplidão a que podia chegar a imaginação dos outros quando desprovidos do mais módico realismo. Convicto de que a intervenção havia de ter suas justificativas singelas e inteligíveis, refém de seu próprio ceticismo, o menino não podia se furtar de imaginar um futuro próximo puramente insípido.

Bastou avistar a quadra abarrotada e caótica para que sua convicção fosse abalada. Centenas de crianças se desabalavam de um lado a outro, enfileirando-se ou ziguezagueando feito formigas em um formigueiro pisoteado, ou indecisas e deslocadas como cobaias em um labirinto insensato. Uma infinidade de mesas compridas seccionava todo o espaço, entremeadas por adultos aturdidos que gritavam nomes e gesticulavam tentando dar alguma organização ao cenário. A agitação era tanta, pés que eclodiam contra o chão sem sincronia, esbarrões premeditados ou involuntários provocando alaridos exagerados, brados que se encimavam a outros e os abafavam, atroos, bramidos, estalos, que cada ruído parecia desgarrar-se de sua causa imediata perdendo-se ginásio adentro e embaralhando de vez a algazarra. E, no entanto, a princípio imperceptível em meio aos tantos tramos sonoros, apenas mais um discurso fundido ao vozerio da massa ignota, o mesmo clamor metálico que minutos antes servira para dissipar a formalidade na classe aos poucos foi se soerguendo, se impondo e difundindo a ordem com sua crescente severidade. Com destreza semelhante à de todos os dias na formação das filas hierárquicas do pátio, cada turma foi então deparando com o lugar que lhe era indicado e, como desta vez o critério de altura não se afirmava relevante, a disposição individual ficou relegada ao que nos sistemas sociais viciados se pode ter por liberdade.

O menino cuidou de afundar as pernas no vão escuro entre o banco e a mesa, apoiou os cotovelos logo à frente e, abaixando a cabeça, sobre os punhos fechados pousou as têmporas. Na ausência de qualquer instrução precisa, paralisado pela falta de precedentes, deixou-se ficar ali devotando tão somente os ouvidos à sondagem do que acontecia em volta. De início pensou tratar-se de mais um rumor descabido viajando de boca em boca, surrealismo alimentado pela criatividade dos infantes que informavam. Foi pela insistência do boato que resolveu erguer os olhos e perscrutar todo o espaço, avistando ao longe mulheres de avental que mergulhavam os braços na cabeleira das crianças. Elas confirmavam: era, sim, uma inspeção de piolhos.

Um tremor tomou seu corpo, as mãos se umedeceram de suor e se abriram, os dedos deslizaram até o couro cabeludo que começava a fervilhar, quase ardia. Descontroladas, as unhas se aferraram à pele dura e varreram lentas toda a extensão coberta, o menino desesperado, ciente da denúncia contida em seu gesto e incapaz de se opor a ela. Não era sua culpa se agora lhe apareciam piolhos, a mãe estava adoentada, já não lhe dava banho todas as noites, ele tentava, mas não conseguia se lavar como ela o lavava — uma torrente de palavras que lhe sobrevinham e mesmo não ditas pareciam abafar todas as outras, quase todas as outras. *Che, Robertito, el brasilero, cuidado.* E o outro, em um salto que assustou o menino e agravou a tensão de cada um de seus músculos, se pôs a gritar em meio ao ginásio, "*Tiene piojos, tiene piojos*".

Não.

Um tremor tomou seu corpo, as mãos se umedeceram de suor e se abriram, os dedos deslizaram até o couro cabeludo que começava a fervilhar, quase ardia. Enrijecendo cada músculo ao extremo, aferrou as unhas à pele dura para impedir que varressem toda a extensão da cabeça, e a dor aguda que sentiu logo suplantou a coceira. Se até aquele momento nada percebera, se podia afirmar sem dúvida nunca ter distinguido qualquer bicho que habitasse seus cabelos, a comichão que agora o torturava só podia ser efeito de um nervosismo passageiro. Tratando de se acalmar, afirmando para si mesmo a própria inocência, baixou os braços até apoiá-los sem peso à mesa, mas foi nesse instante que dos lábios de outro se desprendeu a fatídica sentença: "*Cuidado, el brasilero*". Imóvel, incapaz de responder à tácita suspeita, isolado no centro de um círculo repulsivo que não terminava de se expandir, o menino só pôde assistir com susto e tristeza enquanto os demais se afastavam dele.

Não.

Há algo de excessivamente onírico em ambas as possibilidades, uma ficcionalidade tão evidente que quase as torna caricatas — estranho que tenham surgido como se despontadas da memória. Se não saberia como prosseguir a narrativa a partir de nenhuma delas, isso sem dúvida deve atestar o quanto carecem de verdade; o branco absoluto que se cria em sua mente quanto aos possíveis desfechos, desfechos que em nenhum dos casos pareciam de fato aproximar-se, revela uma incompletude muito característica das histórias alheias ou forjadas. No garoto que sai alardeando sua miséria ginásio afora — correndo em círculos e com o dedo apontado para sua cara, como é provável — é fácil reconhecer o algoz de um pesadelo recorrente, um desses temores infantis que tão amiúde são compartilhados por uns quantos. Não consegue encontrar agora a continuidade porque há de ter acordado alguma vez transtornado ainda por esse falso ápice trágico. Tanto pior é a segunda: no espaço vazio que vai se abrindo em volta do menino, circundado como se supõe por rostos enojados que lhe imputariam uma humilhação injusta, há um quê de refeitório americano em filme adolescente, uma dinâmica que só responde à verossimilhança pobre da cultura de massas. Não sabe agora por onde ir porque deve ter desligado a televisão antes de uma previsível "volta por cima" do bonzinho humilhado.

Não que importe a realidade de cada um dos atos, isso Sebastián tem bastante claro, tal como conhece os riscos da palavra realidade e já aprendeu a sempre pôr em suspeição seu conceito. O problema é o que tais culminações tão ingênuas manifestam sobre a natureza da construção virtual que as antecede. A imaginação, a memória ou qualquer outra dessas entidades abstratas conduziu a um entrecho ignóbil e isso compromete todo o processo. Tome-se como exemplo a inconsistente sugestão pouco anterior, em uma utilização forçada da perspectiva do menino, do célebre clichê de que a realidade seria mais estranha que a ficção: por mais razoável que seja constatá-lo nas ocorrências ditas incomuns do chamado mundo real, a tentativa de materializar esse fato em um romance — ficcional por definição — ou é tolice intolerável ou resulta de um oportunismo dos mais cínicos. E isso é inaceitável.

O tronco já curvado para a frente, o braço estendido em direção ao armário, mas Sebastián titubeia alguns segundos antes de soltar a foto. Há mais um motivo para rejeitar o capítulo que acabou de idear, e decerto era esse o que subjazia a todos os outros, esse que o constrangia a procurar com obstinação proposições desatinadas para largá-lo. Três pares de olhos estão empenhados nessa fotografia, e é sintomático que ele tenha se limitado a estudar o medo um tanto mais desolado, resignado quase, que o olhar do menino supostamente delatava, e as diversas correlações que essa primeira suposição foi calhando de trazer a suas próprias visões imaginosas. É sintomático, e Sebastián sente o sangue que sobe pelo pescoço e mancha suas bochechas, que tenha se esquecido do olhar escondido atrás da câmera, dedicando pensamentos tão escassos e neutros àquela que cogitou chamar de governanta. Dominga era o oposto do que pode suscitar, por convenção ou etimologia, a palavra governanta. Ainda hoje a reminiscência que tem dela é de uma mulher de cabeça baixa, ombros curvados, braços pendentes ao longo do corpo, a voz mais fina e desvalida que se possa exprimir: jamais uma governanta. Nas mãos frias que se separavam, as de Dominga e as do menino, julgou que as dele eram as mais fracas e esse erro desbaratou todo o episódio.

De onde tira uma concepção tão sofrida da infância, essa penúria sabidamente ilegítima? Por que teima em tomar o menino por franzino — diluidora cópia do rapazinho de Proust, e tão mais pobre, insignificante — se os dados objetivos de sua lembrança indicam uma compleição média? Como se arrogaria o direito de usar aqueles termos que vinham pontilhando o discurso sobre seu passado, desgraça, maldade, exclusão, périplo, injustiça, humilhação, denúncia, sentença? Sim, era o único brasileiro da escola; sim, essa condição pode ter lhe ocasionado uma e outra modesta incomodidade, mas quão patético é situar-se agora como a vítima dessa trama. Por fraco e medroso que fosse, já estava no menino o germe do sujeito que é hoje: homem, hétero, branco, abastado, tudo confabulando a seu favor para que seja desde sempre e para sempre um privilegiado. Pretende que a volta retórica no tempo seja capaz de transmutá-lo de dominante a dominado? Pretende que um eventual leitor dessas palavras inexistentes prescinda todo atributo e, o quê, se compadeça?

Com convicção e orgulho — orgulho irrefletido que ainda tardará alguns minutos em envergonhar-se — Sebastián solta a foto no ar e espera até que pouse no fundo da gaveta para fechá-la.

# 10

A tela é branca, em parte, branca na parte a que as atenções estão voltadas, a parte que falta, quando enfim a tinta vai aderindo a ela e começa a vencê-la. Com a brandura das coisas certas, as cerdas empapadas se arrastam pela superfície intacta e vão deixando, maravilha desprovida de milagre, um nítido rastro. A mão se retrai e desaparece do quadro, deixando reluzir por um instante só aquela pincelada, pincelada azul que ainda não é nada, não representa nada, materialidade em desperdício enquanto permanecer descuidada. Porém a mão logo volta à carga, o pincel retoma seu ato de onde parou e volta a ferir a claridade, e se recolhe, e retorna, e se recolhe, e retorna, fundindo pincelada com pincelada no mesmo sentido e no sentido contrário para fundar todo um céu azul onde parecia improvável.

A esse pintor velho ou velho pintor, vizinho exibicionista que ele examina através da janela da sala através da janela da sala, é que Sebastián atribui o equívoco cometido anteriormente. Há dias vem testemunhando os movimentos resolutos de seu braço que contrastam com a nuca imóvel, os giros sutis da munheca a alavancar com suavidade o instrumento de trabalho, enfim, o medido fervor corporal que demarca a agilidade impávida de suas investidas pictóricas. Todas as manhãs pode encontrá-lo ali, exposto de propósito, dando-lhe as costas em evidente desdém, ou quiçá a luz natural que incide sobre a tela lhe seja algo indispensável. A cada manhã um novo quadro, paisagens urbanas e rurais, vielas, pontes, prados, uma infinidade de pessoas engendradas traço por traço e vislumbradas a distância. Nunca um gesto em falso, nunca um recuo mais prolongado que o da recarga, nunca um vacilo que denote dúvida, nunca um lapso que permita a entrada da ponderação necessária. Desde o primeiro dia Sebastián vem pensando no caso e já decidiu que não pode senão odiá-lo. Esse velho encarna tudo o que há de mais sórdido na criação contemporânea de arte, a incessante produção em série de objetos para o consumo, para a posse, objetos despossuídos de qualquer rigor e ignorantes de qualquer impasse. Dia após dia perpetra seu ato tão inocente quanto nefasto, e o pior é que parece nem se dar conta de tamanha irresponsabilidade. De costas para o mundo porque inspiração tem de sobra, sobre a tela lisa sem obstáculos, o velho continua pintando com o braço automático seu céu despojado de nuvens e pássaros, a paisagem perfeita que encante os olhos e console as almas.

A esse pintor velho é que Sebastián atribui os equívocos cometidos anteriormente: o de julgar que um artista plástico acederia com extrema facilidade a cores e imagens ao vê-las dispostas a esmo por todos lados, e o de avaliar que seria mais árdua a condição do escritor pela tênue razão de ter de batalhar palavras e frases. Com que abjeta superficialidade aquele homem maneja o azul, num céu parvo que preenche tanta tela e que, entretanto, aminora a vida? Não sabe que, com a mesma tinta, Picasso privou-se de deslindar o mundo tal qual se via com a intenção maior de inculcar melancolia? Há muito se foi o tempo de afastar pálpebras e cortinas para olhar o céu e com dedos finos duplicá-lo na página vazia. Mas, novo mal que se anuncia, terá também passado a era de matizar abatimentos, terá sido a melancolia sucedida por uma prostração irredimível? E, se assim for, caberá a escritor e artista dar conta exclusiva do vazio, fazer da tinta que macula a tela gotículas ínfimas de vácuo?

Não. Velho ignorante o que tem à vista, pobre velho que não sabe o que faz, exilado de tudo em seu apartamento luzidio. Deve tratar de se ocupar na vida que termina, depois de décadas que perdeu enfurnado numa firma, desempenhando com a mesma retidão seus serviços burocráticos, ansiando pelo dia em que daria adeus aos colegas mofinos e se esbaldaria em uma infinitude de papéis, pincéis, panoramas e vultos acrílicos. Não pode vê-los, mas deve haver em seus olhos a flama de quem se regozija com a própria sorte, de quem abençoa a breve trégua que lhe é dada antes da morte, de quem testemunha o renascer do mundo depois de anos de confinamento, da prisão que lhe impôs a necessidade de sustento, pela última vez antes que o corpo definhe. Velho coitado, saquearam-lhe a existência e relegaram-no à incultura. Nada sabe do mundo e, no entanto, cria. Nada sabe sobre arte e, no entanto, pinta. Nada tem de odioso e, no entanto, Sebastián sente, sente porque tem de inventar prerrogativas falsas, sente que o odeia.

Só o que pode fazer é também lhe dar as costas, e quando o faz a sala se apresenta privada de atributos, inerte em sua imobilidade impecável. O sofá, as poltronas circundantes, a mesa de centro embaixo da qual se empilham revistas e jornais antigos, as cortinas, os enfeites e os dois retratos pendurados à parede, a luz que vara a janela por sobre seus ombros e ilumina a poeira, inverossímil em sua permanência estática. Tudo é pura matéria, sem encanto, e pensá-lo ou dizê-lo não redime nada. Nenhum ser que valha o nome habita essa sala, e nela nada há de ser narrado. Este instante, em sua absoluta irrelevância, põe em xeque inclusive o ideal de significação das coisas insignificantes, podendo ser apenas intermitência ou pausa até em uma história que se recusa a ser história. Onde foram parar os homens e mulheres que um dia pareciam ocupá-la? Seus corpos, mais velhos que o do velho, já feneceram, foram velados, desintegraram-se, mas por que não podem restar fantasmas achatando levemente as almofadas, esfalfando os pelos do tapete com o atrito de suas solas, manchando a madeira da mesa com o suor de seus copos fartos? Será por inépcia que ele não consegue identificar nas vicissitudes do espaço os resquícios de uma presença tão indômita?

As palavras, as palavras que ele não profere o exaurem, as palavras profusas que assaltam sua mente e tão logo escapam, inassimiláveis. Combalido em plena manhã, Sebastián já não é senhor de seu corpo, não se aguenta sobre os próprios pés, desabando no sofá e deprimindo com seu peso o acolchoado. Os joelhos unidos se recolhem, as mãos frias se acomodam na parte interna das coxas, o ombro comprimido adere ao queixo, a têmpora esquerda se assenta no estofado. Mas ele está descansado demais para alienar-se, e seu olhar irrequieto vagueia pelo amplo espaço, estranhando o ângulo peculiar que lhe proporciona a posição impensada, atentando para os detalhes despercebidos, o gesso adornado que demarca a passagem das paredes ao teto, os feixes dourados que enfeitam as portas sempre abertas entre as salas, o emaranhado de pernas de madeira debaixo da mesa de jantar, o bar baixo a um canto com suas garrafas empoeiradas e semivazias que a ninguém embriagam, emolduradas à sua vista pelas margens da mesa de centro, a lareira de mármore varrida de cinzas onde nenhum fogo arde há muito tempo. E aqui, quase ao alcance de seu braço, enterrado entre folhas e folhas de notícias envelhecidas, um único livro de capa ilegível.

*Eduardo Barrios*, informa o frontispício, em uma sonoridade que não lhe é desconhecida, mas que reluta em revelar sua origem. Vasculha na memória as tantas aulas de literatura argentina que frequentou na faculdade, amplia o espectro de autores para o resto da América Latina e ainda não encontra ressonância, repete o nome para si mesmo, de olhos espremidos e lábios móveis, Eduardo Barrios, Eduardo Barrios, até que um rosto vem brotando em sua mente como se ganhasse cor em uma tela alva, um rosto pálido ou cândido que não pode ser outro senão o de sua mãe. É ela quem pronuncia em sua boca, Eduardo Barrios, de queixo erguido e voz altiva, e nesse instante se faz patente a identidade. Trata-se de um de seus ancestrais, tio-avô de alguém de que não se lembra, o braço chileno da família que agregou à pujança econômica um vigor surprendente no campo das letras.

*Los hombres del hombre*, reverbera o título pomposo, e sua desaprovação à grandiloquência do antepassado se exprime em um curto meneio de cabeça. Com certeza há de ser mais um desses arrogantes narradores antigos, convictos da precisão dos fatos que delineiam e do caráter inquestionável de seus discursos. É claro que o matiz pessoano do título sugere algum grau de preocupação filosófica, mas dificilmente esse fator garantirá à obra sua modernidade — o provável é que seja mais um aspecto a condená-la. É com um sorriso desdenhoso, então, que passa os olhos sobre a prolixa dedicatória do autor ao seu leitor ideal, um leitor polarizado que reúna as qualidades do sábio e do menino, somando à consciência e à sensibilidade refinada as virtudes inocentes *de la frescura y la espontaneidad*. *¡Ah, mi desesperanza frente a las almas detenidas a medio camino!*, lê Sebastián em voz alta no tom que a pontuação lhe exige, sem conseguir conter um sopro de riso.

O volume é pequeno e ele consegue percorrer rápido as linhas de cada página, algo mais de um minuto antes de passar à próxima, ganhando aos poucos e sem a atenção devida algum domínio sobre a situação descrita. Um sujeito conformado por muitos outros, *Juan, Rafael, Fernando... y Jorge, y Francisco, y Luis, y Mauricio*, que diante de uma triste notícia afetiva se recolhe, sem mais razão, a um casebre andino. *Siempre me dije que retirarse a la soledad es quedar al margen de la vida, pero que también es resolverse a sí mismo* — e os dentes de Sebastián já sumiram. Tem boa sintaxe, o chileno, uma variabilidade de construções, mas o leitor cauto não deve se deixar levar por inteiro pela fluidez da linguagem, sob o risco de desatender às minúcias constitutivas. Tampouco lhe convém dar importância exagerada às passagens em que porventura se reconheça, posto que isso desequilibra a leitura, comprometendo a compreensão e o julgamento mais objetivo. Não, a decepção seguinte é consigo mesmo: com a fragilidade dos argumentos que improvisa. *De eso se trata, Juan, ahora; de que no me vea llano yo, el complejo.*

Hábil, a retórica do outro. As sentenças se encadeiam em um fluxo a uma vez estranho e natural, que se desfaz em reticências invisíveis a cada fim de parágrafo apenas para reativar-se na próxima linha. O efeito é uma sutilíssima hipnose de fôlego restrito, que conduz o leitor enquanto o mantém desconfiado e irascível, como se a qualquer instante o acordo tácito da narrativa, de toda narrativa, pudesse ser rompido. Não é o que faz esse escritor — constata com discreto alívio —, que põe seus dotes a serviço de uma trama convencional e batida, anunciando a inserção do protagonista em um triângulo amoroso dos menos promíscuos. É sobre isso que vai narrar, anuncia o sujeito na página quinze, fatos sem pormenores que podem ou não ter ferido a honra de um desses últimos nobres do século XX — enredo bobo que põe a perder toda a virtuose estilística.

Mas há ressalvas, e Sebastián sente na latência de sua pele o coração acelerado, e forceja o tronco contra o encosto para estar em riste durante o embate de perspectivas. *Cuando las cosas ocurren muestran apenas apariencias: su verdad se oculta en la entraña, y el único medio está en descubrir cómo, de qué modo esas cosas suceden.* Certo, foge o narrador à estultice de crer nas superfícies acessíveis das coisas que ocorrem, mas ainda crê que as coisas que ocorrem podem ser narradas e explicadas, e ainda se propõe, sem nem disfarçar os termos, a descobrir-lhes a verdade. *No hay hechos concretos. Se los figura uno así cuando los aísla, los inmoviliza y como que los clava en un insectario. Valen tanto como cadáveres, entonces. Salvémosles el movimiento, que sigan vivos.* Conhece, sim, alguns dos recentes pressupostos literários, a inexistência de uma realidade definitiva e sumária, o poder distorcedor e nocivo do discurso que almeja capturá-la, mas é tolo o bastante para se contradizer de esperança e querer salvá-la, querer recuperar o já passado. Pois o que serão os tais *hechos* que menciona, por inconcretos que se aleguem, se não essa mesma realidade travestida em novas fórmulas? E, quanto aos movimentos que pretende lhes devolver, acreditará que assim podem ser mais que meros gestos artificiosos, puros simulacros? *Palabras. Cuando más las necesitamos, suelen irse desvirtuando todas. Mucho temo, por esto, no lograr en adelante sino negaciones, o a lo sumo perplejidades. ¡Qué hacer! No tengo más esperanza que mi soliloquio escrito en orden.*

Reticências invisíveis. Sebastián tem os músculos tensos e seu peso se distribui em três únicos pontos de apoio, dois círculos de pressão nas nádegas e um dos calcanhares suportando o fardo das pernas cruzadas. Não é a pose natural de uma derrota, mas talvez não se possa interpretar o que acaba de acontecer como uma derrota, se apenas uma das partes estava empenhada na contenda imaginária, se as partes formavam um todo que antes desconheciam, e se tudo o que Sebastián fazia era aproveitar a manhã ensolarada e fria para ler um livro aleatório. O livro ainda aberto repousa sobre suas coxas, de bruços para que a página em que parou permaneça marcada, mas ele sabe que não retomará tão cedo a leitura. Está incomodado, e sabe que está incomodado, mas não consegue entender por que o incômodo diante do simples reconhecimento de um eficaz aliado. Será pela consanguinidade, por não querer identificar em si mesmo um caráter semelhante ao de outros frequentadores desta sala ou de salas semelhantes? Será por não conseguir desprezar o que antes quisera desprezível e por invejar este homem tanto quanto há pouco invejava o velho pintor da sala vizinha?

Mas de que pode se constituir essa inveja se são tão diferentes os senhores que a suscitam, se partem de premissas tão distintas e engendram com suas tintas obras tão díspares? E como pode ser que ele, rapaz inteligente no auge de suas faculdades físicas, mente sensata fervilhando de raciocínios e juízos, inveje essas duas figuras igualmente caquéticas na percepção de qualquer outro jovem do século que se inicia? Sim, é certo que as produções de um são ostentadas a cada manhã revelando o espectro tão abrangente de sua paleta de cores; é certo que a produção do outro mereceu essa edição tão própria à comercialização massiva e a reimpressões sucessivas. É certo, certíssimo, que ambos têm sido capazes de corporificar em objetos tangíveis os ímpetos de sua vontade intangível, de transcender o espaço que os circunda para criar ambientes novos e nada límbicos, de multiplicar os entes que os povoam e transformá-los em almas múltiplas, se não em múltiplas almas. Enquanto ele, Sebastián, ele em suas cavilações que só o conduzem à paralisia, ele em sua alma cerebral e mesquinha, ele está constrito a esse apartamento de paredes rígidas e às maquinações reiteradas de sua própria psique, maquinações unívocas que só servem para cercear seus ímpetos e mantê-lo aquém de qualquer criação efetiva, a dez ou quinze metros de distância da tela branca.

Não pode, não poderia, não seria de seu feitio arremeter o corpo contra a janela obstrutiva, estilhaçando vidro e pele e ossos na malograda tentativa de atravessar o espaço intransponível — de vidas e narrativas trágicas já parecemos exauridos. Pode, todavia, percorrer os outros dez ou quinze metros que o distanciam do quarto em que tem dormido, sentar-se de novo à escrivaninha e de novo pousar os dedos sobre as teclas tão disponíveis, deixar agora que as digitais se assentem na superfície lisa, que permaneçam, que deixem sua marca característica, até que mais uma frase aceite ser por elas desprendida. Do mesmo arquivo, Romance, o arquivo que mantém aberto e à espera todos os dias, volta a assaltá-lo a fatídica pergunta da porteira ou de Drummond, pergunta isolada a que ele ainda não soube dar um ato contínuo. Hoje prefere não lhe emprestar olhos ou ouvidos, saltando a frase e saltando as linhas vazias que lhe fazem companhia. Nem a luz desvencilhada da cortina que você entreabriu, nem o toque suave dos seus dedos sobre a minha tez, lê em mais um fragmento que aparece solto na página prevista, trecho deslocado que não devia estar ali, as primeiras orações da carta que mandaria se chegasse a concluir.

Hoje não quer se dedicar aos inícios que tanto fastio têm lhe causado, não quer tratar de transportar ao papel os prenúncios de ideias que ainda não foram de todo descartados, as silabações tão precárias que a custo tem engenhado. Hoje queria escrever como o velho pintava, queria escrever sem consciência dos limites das palavras, e que as palavras se encadeassem e se encavalassem umas às outras como antes se encavalavam as pinceladas. Queria que os dedos, como cerdas empapadas, se arrastassem pela superfície das teclas e fossem deixando na tela, maravilha desprovida de milagre, um nítido rastro. Queria não retrair a mão mais que por um instante impensado, um breve lapso, esse o gesto em falso, e que a mão retornasse e retornasse e retornasse. Pouco importaria o fato narrado, que fossem fatos concretos e ilhados, que fosse o pintor imobilizado na simplicidade de seus gestos, na inocência de seu ato. E que valessem tanto como cadáveres, que lhe importa, cadáveres sempre mais corpóreos e mais reais que fantasmas, cadáveres que ao menos servissem para repetir o impulso artístico — o impulso artístico, por excelência, inútil e intuitivo — e acabassem por povoar todo um cemitério de belas artes. *¡Hay cadáveres!*

Não, sua única esperança é seu solilóquio escrito em ordem, e a mão ardente que se arranje para selecionar o jorro de palavras descuidadas e apagá-lo sem piedade.

# 11

Estou confuso, estou perdido. As últimas horas parecem ter me conciliado com o mundo, me indisposto comigo. Levaram-me em seu torvelinho aos limites da miseração, mas não cheguei a entender se a miséria era minha. Romperam com alguma integridade do meu ser, do ser em que me adivinho, mas posso nunca ter estado tão próximo de mim mesmo, infenso às construções do autodomínio. Por isso renego novamente nossas restrições e lhe escrevo, e talvez esta seja a carta de amor que tanto tenho lhe devido. Ou se trata mais uma vez do mesmo empenho indigno, do mesmo propósito mesquinho, e eu possa nas filigranas do discurso me reencontrar, recriar as fronteiras que me tangem, as circunscrições que me definem.

Na última madrugada, anterior a esta, conferia os dentes recém-escovados quando voltei a dar, através do espelho, com o casulo em que me concebera. Ignoro os termos científicos e as vicissitudes do processo, mas sei dizer que flagrei o exato instante em que o invólucro rebentava, a mutação em seu momento culminante, o inseto renascendo ao universo do qual se retirara — universo estranho, geométrico, feito de ladrilhos lustrosos. Dizer que flagrei o instante pode sugerir um repente equivocado: como todo parto, aquela libertação tomava seu tempo, desviava para si a tensão de seguidas horas. Sentei-me no vaso e me pus a observar a batalha maior daquele ser contra seu casco, sua rebelião contra as substâncias pegajosas que lhe haviam sido impostas por uma memória natural, contra a crosta que teimava em apartá-lo do espaço dos outros, que teimava em delimitá-lo em si mesmo, imóvel, nos confins de seu próprio corpo. Com quanto brio aquele débil inseto tentava eclodir para um mundo incógnito; com que esforço indizível arremetia os braços contra o vazio, braços largos que não eram asas enquanto não secavam e endureciam. E quanto tratei de resistir à tentação fácil de me reconhecer naquela cena, baixeza do ego a se refestelar com uma comparação tão lisonjeira. Em meu esforço pude lograr que apenas restássemos ali, inoperantes. Ele esgotado, quiçá saciado por essa primeira conquista. Eu inquieto, incapaz de me decidir a ir dormir.

Não posso afirmar que tenha sido acometido por um sono intranquilo, mas ao despertar perdera algum domínio sobre as minhas pernas e me vi levado por passos resolutos àquele lugar. Fui dar com o inseto a alguns centímetros de distância do casulo abandonado, ainda preso ao teto embora as asas parecessem formadas, trilhando o caminho moroso de quem arrisca sua primeira marcha. Arrastava-se pela superfície cimentada e era como se se arrastasse pela superfície dos meus olhos, atravessando as pupilas estupefatas: contrariava a gravidade e se dirigia, de fato, à crisálida menos delgada, à segunda parte da conveniente miragem, à companheira imaginada que permanecia em seu claustro. Era absurdo que a metáfora que antes lhe fora destinada se concretizasse; um despropósito da realidade que subvertia significados, que renegava por iteração as identidades reivindicadas. Estaria eu saindo do meu casulo para bater no casco do seu e chamar por seu nome? Mas como poderia fazer isso se estava tomado pela passividade, se era representado por alguém cujas vontades eu não controlava, se o ator que me performava adiantava-se a mim num ato improvável?

Saí dali incapaz de mensurar uma indignação que em mim se criava, incapaz de compreender ao certo o que feria minha liberdade. Passei a vaguear pela casa, tentando me ocupar com insossas necessidades corporais, com insípidas tarefas domésticas, abafando com a cotidianidade o desconforto que me assaltava. De quando em quando era levado, no entanto, de volta ao fatídico cenário, o inseto cada vez mais próximo de seu alvo, descansando ao tê-lo alcançado; o inseto em silêncio, contendo-se, esperando com retidão a aparição de sua presumível amada. A cada vez que eu voltava minha revolta arrefecia, transformando-se lentamente em perplexidade, em admiração, em ternura. Quão louvável era a lealdade daquele ser à sua parceira, aos vínculos de seu passado de larva; com que nobreza e desprendimento abdicava de experimentar suas novas asas, de explorar as surpresas que seus recursos proporcionavam. Era comovente a timidez de sua imobilidade, a paciência inabalável com que aguardava que despontasse alguma cor, algum tremor, algum relance de extremidade. Em sua decisão eu aprendia que aquele também era um ato de liberdade, uma vontade de comunhão que preservava as autonomias. E aos poucos me via ansiar por sua saída, pela eclosão da companheira de vida, e ponderava, e entendia, que também eu estava pronto, também eu desejava partilhar minha existência, também eu a queria ao meu lado.

Pleno de esperança secundei-o enquanto aguardava, dando minhas voltas para controlar a excitação injustificada, retornando sempre em intervalos regulares, a cada hora inteira, a cada meia hora, a cada vez que o ponteiro dos minutos ocupava alguma casa cheia. Mas o tempo se valia também de seus indicadores originais, e logo começamos a perceber, o inseto e eu, que escurecia, que a nesga de claridade que antes se infiltrava pela janela há tempos definhara, que para além das variações de luz e sombra o casulo permanecia inerte, fiel apenas à sua imutabilidade. No breu da madrugada não se veria nenhuma cor, todo tremor seria imperceptível, impossível o vislumbre de qualquer relance, a aparição desesperada de qualquer fragmento de corpo. Não sei quem intuiu primeiro que ela não sairia, que a crisálida, por fornida que fosse, não impedira sua inanição imprevisível, que aquela por quem esperávamos sufocara na cela por ela concebida. No escuro entreguei-me à dor do outro, me concentrando para dividir sua tristeza, me compadecendo para aliviá-lo de seu fardo. Depois acendi a luz, vi que o inseto havia partido e me descobri abandonado. Sem ninguém que se entregasse à minha dor, que dividisse a minha tristeza, que me aliviasse do meu fardo.

Não sei se isto é uma carta de amor, se o drama deste relato só quer matizar a evidente saudade, revelar de novo — ou pela primeira vez — quanto sinto sua falta. Se for uma carta de amor, terei de dizer que o tempo todo era você a eclosão que eu esperava; era o seu invólucro, o seu corpo ou a sua pátria, tudo o que me aparta de você, o que eu queria que rebentasse. Se for uma carta de amor, terei de reduzir a experiência e dizer obviedades. Terei de pedir que você me espere, que não definhe ou sufoque, enquanto eu emprego minhas parcas forças em rebentar meu invólucro, meu corpo ou minha pátria. Mas não sei, talvez você saiba, se isto é uma carta de amor.

# 12

Que o cidadão médio, recordava, deseja uma arte voluptuosa e uma vida ascética quando seria muito melhor o contrário, recordava, seu corpo nu enregelando-se com os respingos que o alcançavam, os pelos eriçados, seus pés afastados para lhe dar o suporte adequado e impedir que escorregasse, uma das mãos apoiada sobre a torneira tratando de girá-la com a maior sutileza, a outra deixando molhar apenas as extremidades dos dedos, as falanges distais assim chamadas, sendo o contrário, como é óbvio, uma arte ascética e uma vida voluptuosa, a literatura como lugar preferencial da contenção e do marasmo e a vida aberta ao desconhecido e à aventura, a temperatura da água ainda baixa mas subindo a níveis suportáveis, tal como lhe subia, subitamente, uma incriada consciência de que era preciso perder consciência e investir-se adentro, não aos poucos, os dedos e a palma e o antebraço em progressão lenta, mas de uma vez o corpo inteiro, que a água fria ou quente explodisse em seus ombros e dali escorresse pelas costas e pela frente, desordenada, sem rotas prévias, encharcando a um só impossível tempo panturrilhas umbigo virilhas e testa, fosse qual fosse a sensação decorrente.

Mas que volúpia podia aplicar à sua vida nesse instante, perguntava-se enquanto arrojava primeiro a perna direita e depois a perna esquerda pelo vão das calças, a cada vez desequilibrando-se e vencendo com algum esforço a resistência do tecido dobrado, considerando-se que instantes como esse feitos de pura repetição são muito mais frequentes que os que se pretendem seus reversos, os que se querem momentos redentores e invulgares, não como achar o buraco certo para prender o fecho do cinto sem que as calças fiquem frouxas ou apertadas, não como vestir uma camiseta de que só vá aparecer a gola e que não possa destoar do pulôver que a ela se sobrepõe, talvez como achar um par de meias limpas entre as meias sujas de alguns dias embora essa não seja uma boa imagem, mas que volúpia podia aplicar a esse instante como a outros semelhantes para que em alguma somatória a posteriori pudesse estimar que chegou a ter uma vida voluptuosa, perguntava-se de novo ao amarrar o cadarço de um sapato e logo do outro, se neste caso não resultava em algo tão claro e tão sensório como atirar-se sem muito pensar debaixo d'água?

Talvez fosse capaz, se descompassasse o comedimento habitual, de se deixar encharcar pela escuridão do hall como havia pouco se deixara encharcar pela torrente do banho, de partir de casa e se entregar à noite em que tantos cidadãos médios esquecem ditames estéticos e vão atrás da lubricidade vestigial de suas vidas, bastando a ele, quem sabe, que a esses imitasse na inconsequência e na inobservância de seus próprios atos, e que se deixasse estar apartamento afora sem buscar nenhuma lógica nas luzes e sombras provocadas pelo deslocamento da grade do elevador sobre as outras, sem ponderar que sejam parte inalienável de um sistema ou compreendendo enfim que o esquema que as rege nunca lhe será acessível e que por isso pode se desentender de tais problemas, abrir as grades e fechá-las e esquecê-las às costas sem mais calcular suas formas, arremedando um passo no outro e preparando o ímpeto de seu mergulho voluntário na desordem noturna, a empantanar-se o quanto possa de cidade.

Há uns tantos minutos, e não o recorda, reteve o fôlego por um segundo para cruzar o portal que separava o âmbito social do âmbito íntimo ou doméstico, tempo suficiente para pegar um ônibus e ir parar em Palermo Viejo, tempo suficiente para encontrar um quiosco onde um sujeito de feições índias e cansadas não se importunou em vender-lhe uma cerveja gelada a ser consumida de imediato, na rua, ainda que isso contrariasse as mãos frias e as normas municipais, tempo suficiente para repetir a transação com outros sujeitos índios e cansados quando quis uma segunda e logo uma terceira dose, e agora Sebastián caminha pela antiga calle Serrano, agora Jorge Luis Borges, já bastante distanciado do lugar que estipulou consigo mesmo chamar de seu apartamento ou sua casa, não sem consciência mas ao menos esquecido, abstraído ou desatento ao fato de que é Sebastián e de que caminha pela calle Borges já bastante distanciado do lugar que estipulou chamar casa.

Beber, mesmo em se tratando de substâncias de baixo potencial alterador e em parcas quantidades para alguém de sua compleição, produz nele o efeito inverso do que seria esperado nessas circunstâncias: suas pernas não falham em impor o ritmo determinado para a caminhada, os pés não se trançam, não tropeçam, não vacilam ao assentar no chão, o torso um pouco pendido para a frente garante uma impulsão permanente que modula o peso das coxas e a amplitude consequente dos passos, os braços obedecem ao gingado invariável dos ombros guardando sempre a mesma distância em relação ao tronco e cruzando-se precisamente quando verticais, cada elemento, enfim, fazendo-se indistinguível no conjunto de movimentos e contribuindo a uma notável harmonia corporal, harmonia que ele não concebe porque sua concepção a poria a perder, não questiona porque seu questionamento a destrincharia em múltiplas precariedades e assimetrias que implicariam sua dissolução, mas uma harmonia que ele sente como atributo inerente e a que se entrega com euforia e prazer.

Sente-se bem, e esse sentir-se bem, pensa, parece não se concentrar na região do encéfalo, parece não se constituir de meras sinapses entre os neurônios superiores desligados das demais células, pelo contrário, pensa sem tentar fraguar um discurso claro ou encontrar as palavras certas, sentir-se bem é algo que se irradia espinha abaixo entre as vértebras e pelos tramos do sistema nervoso, algo que se expande da medula aos demais órgãos e acaba por lhes conferir uma inesperada unidade, a unidade de seu ser, um ser que por complexos trâmites internos caminha em ritmo constante sem dar a ver as mil engrenagens necessárias ao processo, revelando-se tão somente em sua superfície de ser e com sua superfície elidindo sua natureza infinitamente fragmentária, seu caráter instável, sua personalidade idiossincrática, nada disso, nada disso, ele tem certeza, se denunciaria agora a um eventual observador externo que dele se aproximasse.

E eis que o observador externo, uma iminência, vem atravessando a rua em sua direção, cruzando as faixas em uma diagonal injustificável a não ser para alguém que tenha de fato essa intenção, a intenção de abordá-lo, de interpelá-lo em via pública, de violar as regras inescritas da madrugada em fase inicial, mas a ameaça que se faz crescente põe-se a decrescer nos últimos passos da aproximação, sendo o observador externo não mais que um adolescente imberbe e esquálido dentro de um casaco largo demais, alguém mais indefeso, portanto, que o próprio Sebastián, alguém cujo único potencial desestruturador vem da possibilidade de constrangê-lo, de devolvê-lo a seu estado habitual, se levar adiante seu aparente ensejo e lhe pedir uma informação, *"¿sabés cómo hago para ir al Shopping Abasto?"*, não fosse essa informação tão banal e tão acessível à sua memória, tão imediata que dá origem a uma frase corriqueira e impessoal que se nutre com vigor na garganta, *"Estás bastante lejos, tenés que subir hasta Corrientes"*, forjando-se no choque perfeito entre a língua e os dentes e deixando-se moldar pelo trabalho intenso das bochechas, todo um feito, um imprevisto deleite, a frase que lhe soa natural e o observador que não parece capaz de descobrir sua impostura, sua grande intrusão.

Tem o rosto jubiloso o sujeito que se detém na próxima esquina, um rubor novo que não denota nenhum acanhamento, nenhum ultraje, nenhuma vergonha e tampouco é efeito do semáforo que desaconselha a marcha, um rosto encandeado que se reflete na vitrine oposta e que Sebastián sabe reconhecer como sua própria imagem; imagem oposta, exatamente oposta à do senhor sisudo que passa sob seus olhos no banco de trás de um pomposo carro preto, senhor circunspeto que é a contraface dessa noite jovem, um lorde indefectível em seu colarinho engomado e no triângulo isósceles da gravata, alguém cujo semblante grave permite deduzir a gravidade do paletó preto impoluto e de todas as vestes subjacentes, para não falar da gravidade da senhora sua esposa sentada a seu lado e do serviçal que dirige o carro, e esse senhor, Sebastián sente ou sabe, esse senhor com todos os seus nobres atributos expostos ou decifráveis, esse senhor é a própria literatura que ele tanto tem procurado, a literatura a pedir passagem e a tomar seu rumo, a literatura a deixá-lo entregue ao imprevisto e à novidade.

Espera alguns segundos até que o conjunto se camufle na escuridão do asfalto e vê-se enfim liberto para retomar sua passeata, um pé em pós do outro sem que nada mais o detenha ou sobressalte, a cabeça baixa e o corpo mais arqueado para reimprimir a aceleração necessária, mas eis que na periferia da visão uma massa densa avoluma-se rápido e quase o acerta, sobressaltando-o, sim, ao cessar o embalo a meros centímetros de suas pernas, provocando-lhe um susto que o estremece inteiro e logo o congela em posição de defesa, cotovelos rígidos junto às costelas e punhos cerrados à altura do queixo, mal ouvindo os protestos do outro porque distraído com essa repentina sugestão de morte, morte drástica por atropelamento no caos da urbe, sentindo no músculo do braço a extremidade pontiaguda de alguma coisa e lembrando no mesmo átimo que guardara no casaco o livrinho de Ferenc Fehér, distendendo-se e retomando a respiração para contemplar a ironia presente na cena, ele ou seu personagem ou o personagem de seu personagem atropelado e levado à morte com a indagação imperiosa, *O romance está morrendo?*, no bolso interno do casaco.

Não, prossegue em seu caminho e se indaga em questionamentos erráticos, por que esse impulso de roubar para o texto o que é da vida, de converter em ficção o que a ficção não comporta, por que quer brindar seu personagem ou o personagem de seu personagem com essa manifestação patente do voluptuoso acaso quando poderia guardar para si e só para si essa volúpia, ou será a vida a que não comporta a peripécia inesperada não podendo a peripécia inesperada ser mais que ficção, pois quão dramático é aventar a própria morte quando a aventura não passou de um veículo bem governado aproximando-se um metro a mais de suas pernas e, ainda que assim não fosse, quão dramático é aventá-la em quaisquer circunstâncias quando desde sempre tem sentido sua morte, a cada minuto de sua vida, não como a culminação inevitável de tudo mas, pelo contrário, como uma impossibilidade inexorável, a maior de todas as inverossimilhanças, afinal não seria de seu feitio que a morte o abatesse tão jovem, tão trágico, então para que as ponderações sinuosas e para que se dar ao trabalho de converter em ficção a ficção que a ficção não comporta?

A única conclusão possível é que o susto neutralizou a ebriedade e que ele precisa de mais uma cerveja ou de algo mais forte, talvez entrando em alguma das boates obscuras que começam a despontar à medida que se aproxima da antiga plaza Serrano, agora plaza Cortázar, portas abertas em plena calçada conduzindo a estreitas escadas, seguranças postados ao lado e acenando para que ele passe, um convite que guarda em sua formalidade um falso gesto de cumplicidade que só pode significar que ele, em sua pele clara e em sua roupa alinhada, é parte integrante do público-alvo da casa, e antes que tenha terminado de ponderar a questão vê-se implicado em descer uma escada escura, concentrando-se em não errar os degraus e já sentindo sua identidade transformada, não para tornar-se o desbravador da noite ou o conquistador impávido que almejara ser, para tornar-se, em vez disso, ele sim, o falsário, simulacro de homem letrado descendo ao simulacro de barbárie.

Agora tem as costas apoiadas no balcão e sente que o sangue lhe sobe à face, a mão direita envolve por inteiro o copo de vodca para absorver o frescor do gelo tilintante, seu corpo aqueceu-se rápido e quer transbordar dos tecidos que o constrangem — seu corpo parece exigir-lhe alguma atitude contra o calor saariano da boate, calor que chamaria de saeriano se não intuísse a inadequação da piada — agora seus membros e seus órgãos confabularam com o tempo para que uma tensão se acumulasse, e este instante que poderia ter o relaxamento da frustração ou servir de descanso para a mente atribulada, este instante cisma em ser outra coisa e traz em seu cerne uma infinidade de instantes pretéritos, reminiscências instigando-o a persistir ainda um pouco em sua empreitada, a não se abandonar ao conforto e à inanidade do isolamento, a despegar-se de seus arrimos habituais e mostrar-se reto, firme, um homem sólido como os demais, a indiferenciar-se o quanto possa em meio à massa.

# 13

No modo como rasga o pão ao meio com as duas mãos, deteriorando-o e disseminando migalhas pela mesa em toda a sua extensão, apenas para depositar as duas metades fora da cesta, ao lado do prato, instaurando a irregularidade no quadro que se mostrava regular. No modo como despeja o azeite e observa como vai se expandindo circularmente pelas margens do prato, em um processo lento que nunca chega a se encerrar, e no modo como agita o saleiro em trancos curtos e verticais estimando a densidade de partículas sólidas que flutuam pela corrente. No modo escrupuloso como verte na taça uma escassa quantidade de vinho, quantidade imprestável até para lhe conhecer o sabor, mas que ele sorve de imediato sentindo nada mais que os lábios a se umedecerem. No modo como, ao deixar a taça em que só resta uma tênue nódoa avermelhada, enfim recolhe uma das metades do pão que preparou e o faz deslizar pelo arco de azeite e sal, em sentido contrário ao da corrente, embebendo-o ao máximo com a rigorosa solução e levando-o à boca antes que escorra pelos dedos.

O que se oculta, o que subjaz, que música inaudível cadencia o minucioso baile de braços e mãos sobre os utensílios, que hieroglífica memória dita os gestos mínimos que desta vez não o distraem? Serão esses hábitos e trejeitos autenticamente seus, a sequência de atos que seu corpo depurou por anos para chegar ao ritual mais confortável em tais circunstâncias, início vulgar da refeição, ou estarão por inteiro demarcados por uma cultura emprestada, nem popular nem cortês, sendo síntese dos hábitos e trejeitos de todos os que um dia foram seus comensais? Seu pai, por exemplo, da solenidade própria à cabeceira, quanto não teria lhe conferido uma certa retidão da espinha, uma concisão de ademanes, uma sobriedade que ele imitasse por submissão ou respeito. Exemplo fácil demais. Quanto dos amigos que ficaram para trás, nas mesas desordeiras da infância, o bulício contrastante de seus traquejos peculiares com os talheres, seus costumes extravagantes. Ou das mulheres que alguma vez ocuparam a cadeira oposta, a sedução na gracilidade dos adejos, na precisão delicada dos movimentos. Cada gesto uma dívida, uma apropriação imprevista, a repetição de um modelo perdido; cada movimento uma reverberação sibilina.

Poderá essa moça que acaba de servi-lo decifrar suas origens a partir dessa ínfima sucessão de procedimentos? Julgando que as frases secas que Sebastián lhe forneceu tenham sido reticentes o bastante, julgando que pouco possa depreender da neutralidade de sua aparência, com este prolongamento temporal do contato com o cliente estaria ela apta a avaliar sua procedência? Algo de argentino, decerto, porque pôde verificá-lo tantas outras vezes, na falta de asseio em relação à toalha de mesa (quando houver terminado o almoço, além das migalhas espalhadas, manchas amarelas e rubras atestarão sua presença). Mas quanto de brasileiro na reverência que dedica ao vinho, bebida de nobres ou de ocasiões específicas, e quanto de brasileiro em mil minúcias indiscerníveis, minúcias que nunca saberá, quiçá no ângulo relaxado dos cotovelos, na serenidade com que tritura os alimentos. Não, se em nada disso, em tudo o que dissinta de alguma lógica estrita que ele insiste em definir como argentina, e que assim se insira numa lógica oposta, mais incerta, que constituiria uma hipotética categoria de brasileiro.

Pensamentos inúteis enquanto espera. Seu medíocre aporte a uma poética dos gestos e a discussões fatigadas sobre o teor das nacionalidades, pautadas por caracterizações estéreis, impressões obtusas, generalidades. Nada do que possa resumir uma identidade individual ou comunitária se prestará a observações tão mesquinhas, ilações tão pobres, símbolos forçados. Na taça que agora enche até a metade o vinho é argentino, mas nem sua cor matizada, nem a quantidade de corpúsculos que o pontilham, nem sua equilibrada proporção de transparência e opacidade desvelam esse fato. Se é possível arrogar à bebida alguma líquida argentinidade, essa condição deveria prescindir de todo atributo imediato e recorrer ao histórico das uvas apezinhadas para dar-lhe origem, à profundidade de suas raízes já desenterradas. Mas depois que a semente encravada no solo transmutou-se em tronco, o tronco em galho, o galho em folha, a folha em flor, a flor em fruto, e depois que o fruto foi colhido, amontoado junto a outros, triturado sem piedade, armazenado em barris dispersos, engarrafado, transportado às cegas até uma mesa distante no tempo e no espaço, não se terá expungido essa suposta essência relativa ao passado?

Erguer a taça de vinho e esquadrinhá-la sob a luz pálida, como faz neste instante, implica submetê-la a um exame falso: pensa-se acessar com a visão a substância em sua materialidade, mas só o que se apresenta aos olhos são os raios que nela refletem, que nela refratam, que a traspassam. Tratar de saboreá-la acarretará a mesma inverdade, pois o gosto sentido não será o da bebida, e sim decorrência de uma série de reações físicas e químicas muito mais concernentes ao organismo que a ingere, mas antes que Sebastián possa submeter à prova essa ponderação de improviso, antes que possa se entregar à experiência que acaba de projetar sem muito propósito, eis que se vê interrompido por uma ação fortuita, um sujeito incógnito sentado a uma mesa próxima que imita o gesto e levanta a taça à mesma altura, dirigindo a ele, a Sebastián, um sorriso a um só tempo zombeteiro e retraído. Paralisado, indeciso entre opções que não se perfilam, Sebastián se limita a acompanhá-lo no gole insinuado pelas mãos suspensas e só depois assimila ter brindado a alguma causa que não se adivinha.

Esse sujeito incógnito, esse sujeito cujos cabelos brancos somados à profusão de rugas autorizam chamar de velho, esse velho cujas feições amenas permitem supor simpático, esse velho simpático que brindou com ele a alguma causa insondável terá personalidade condizente com sua figura agradável, poderá resumir-se sem grandes prejuízos a uma preponderante agradabilidade? E se assim for, porque assim Sebastián o quer para aplacar a solidão do almoço, será viável conjeturar com algum fundamento sobre sua índole? Mostra-se confortável, o velho, desenvolto em relação às exigências do cenário, em nenhum meneio revela qualquer dos desajustes abundantes nos forasteiros, do que se conclui que só possa ser argentino. Veste roupas informais, porém alinhadas, se farta de aperitivos e entradas em um restaurante tendente ao caro, mas descreve uma simplicidade que sugere algum trânsito de classes, talvez uma ascensão social tardia. Não titubeou em zombar dele em sua postura compenetrada, sente-se seguro a ponto de arriscar uma eventual inimizade com o estranho mais jovem, parece fiar-se em alguma conexão ignorada e assim transmite, curiosamente, uma estranha confiabilidade.

Fácil imaginá-lo, hoje, imune à crise que assola o país, caminhando pelas ruas mais pobres e distribuindo-se com generosidade, ocupando com mansidão os lugares designados e estendendo-se em investidas voluntárias, atuando com liberdade como só atua quem está em paz com o passado. Fácil imaginá-lo, no limite de suas possibilidades, valendo-se das sobras de sua autossuficiência para ajudar os mais fracos, os desvalidos, os que não tiveram e não têm sua sorte. Mas por onde teria caminhado, caberá perguntar?, por onde teria se estendido em outro então, em tempos de asperezas políticas e posicionamentos necessários, se sua segurança e sua comodidade excessivas parecem indicar a ausência absoluta de qualquer ruptura ou trauma, parecem indicar que nunca tenha sido subjugado, nunca forçado a lutar por si mesmo, nunca impelido a deixar a cidade? E se, sendo argentino, como ostenta em cada detalhe, não teve de abdicar de seu emprego ou fugir às pressas de sua casa, não teve de se esconder em chácaras remotas, não perdeu contato com algum filho mais rebelde ou não testemunhou o sumiço inexplicado do neto que nunca viu nascer, será possível que no auge de suas faculdades políticas, será possível que no auge de seu pequeno poder pessoal e da demanda de bem aplicá-lo, tenha emudecido e continuado a vida com tantas desgraças à sua volta?

Não, não se justifica esse julgamento duro e gratuito imiscuído na indagação, indagação por demais precipitada, é o que Sebastián pondera quando volta a examiná-lo de esguelha, seu rosto plácido de traços finos, a tranquilidade derramada de suas maneiras. Há pouco, e ainda agora, a presença daquele sujeito não lhe suscitou nenhuma desconfiança ou raiva, nenhum desgosto pela intromissão em seus processos, apenas o apreço pela companhia inesperada. Por alguma razão de que prefere privar-se, o jocoso aceno daquele homem fez com que ele se desviasse de macerações inoportunas e assim abrandasse seu espírito, se sentisse mais à vontade, quase grato. Estando ambos sós, ambos nos preâmbulos das refeições, poderiam até juntar as mesas e trocar frases diretas, o velho contando-lhe os meandros de sua história, dilucidando-se com calma, ele devolvendo-lhe a compreensão na forma de seus próprios trajetos.

Porque, é claro, confessaria Sebastián com a leveza que conseguisse, também ele parece estar passando incólume pela vida e escapando dos pesares costumeiros. Também não tem sido oprimido, subjugado, obrigado a lutar por si mesmo. Como ao outro, que tão próspero se percebe, o destino o tem tratado com a mais ampla benevolência, pedindo apenas que se recoste e receba o que lhe oferece. Quando acorda no meio da noite tomado por pesadelos, ao se demorar uns poucos segundos secando o suor da testa, não é capaz de lembrar qualquer horror que o afligisse, qualquer medo explícito, qualquer ser monstruoso que o perseguisse em seu inconsciente. Como se a ele também faltasse um trauma originário, um fardo todo seu de que devesse descarregar-se. Se há algo que o persegue, na mente ou na vida, esse algo é o tédio? Um mal-estar impreciso, um vago tormento, se pode ser sincero. Não o sente, o velho? Não sente o vazio que rege toda essa prosperidade, toda essa temperança?

Não pode responder porque a pergunta não lhe foi feita, porque agora o velho se empenha na acolhida de seu real companheiro, um senhor que não modera a efusão no cumprimento, e porque o jovem sério com quem brindou há pouco já está absorto na deglutição do bife que lhe foi servido. Com a mão direita crava a faca na carne e forceja a gordura para que libere um pedaço grande, conduz o naco à boca cuidando que o sangue não goteje, mastiga rápido e rápido engole, sentindo o prazer possível a se perder pelo esôfago. Como se desde sempre viesse se alimentando inutilmente, tanta carne, tanta matéria desperdiçada na forja de um corpo infértil. Um corpo imponente, estável como tantos, habilitando-o a transitar com altivez em meio à gente, mas um corpo incompleto, desprovido da interioridade que os outros pressentem, um corpo oco que nenhuma carne saberá preencher. Um corpo devassado, pensa, pela impalpabilidade dos pensamentos.

Poderia entendê-lo, o velho que o abandonou e se retirou a um diálogo irrelevante? E se entendesse, se Sebastián conseguisse se expor em um discurso acessível e coeso, poderia o outro discernir da garganta que modula a voz, ou do peito que a alenta, essa vacuidade inerente? E se de fato discernisse, poderia reconhecer, quem sabe, nessa vacuidade alguma identidade precisa, alguma redentora essência? Aquele jovem ali sentado, cochicharia o velho a seu companheiro, aquele pobre jovem carrega consigo o segredo de sua insignificância. Quem o vê assim tão firme não desconfia, tal o rigor com que ele tem disfarçado suas incertezas, tal a destreza com que tem emulado comportamentos alheios. Engana aos outros tanto quanto a si mesmo, em jogos lógicos e projetos inconclusos, mas há alguns dias tem se deparado com seus limites tão modestos. Descobriu quanto é vão seu passado, quanto sua história é intranscendente. Descobriu o que há de mais óbvio, e sua descoberta sequer é inédita: descobriu que nada tem a descobrir em si mesmo, e que esse nada o qualifica, que esse nada mora dentro dele. E o jovem ali sentado, ele o sujeito incógnito a desfilar suas maneiras, continuaria a triturar seu bife com toda a morosidade.

Mas se isso é verdade, Sebastián detém o garfo a meio caminho para indagar-se, se o velho acerta quando o define dessa forma, e se ele de fato já concluiu pela inconclusão inevitável de seu projeto, então por que permanece tanto tempo nessa cidade? Por que se faz levar de um lado a outro como se procurasse alguém ou alguma coïsa, por que se demora nas calçadas olhando vitrines que não lhe interessam, por que atrasa os passos como se evitasse a frieza insensível das solas contra o cimento, por que tenta fazer das ruas os corredores que faltam em seu apartamento quando já ficou claro que nem nas ruas nem no apartamento poderá sentir-se em casa? Por que mesura tanto cada frase engolida ou dispensada, por que se esmera em reproduzir trejeitos e usos e tons dos bonaerenses, por que escrutina obstinadamente as mínimas reações das pessoas à sua presença quando toda essa obsessão já o condena a sempre se saber estrangeiro, a sempre suspeitar que identificarão sua impertinência?

Não venha dizer que pretende resgatar algum valor de seus ancestrais, os avós dos retratos anacrônicos que já começam a descascar junto às paredes abauladas, os seres anódinos que não se transmutaram em nada e não lhe emprestaram qualquer parábola, qualquer paráfrase. Não se contradiga, não venha dizer que almeja se integrar à cidade abandonada por seus pais, a cidade que foram forçados a abandonar, recobrá-los no cenário de sua grande batalha, de sua grande história, reencontrá-los onde não estão mais. Não se inflame, não venha dizer que quer restituir esse espaço a suas posses legais, hereditárias, apoderar-se desse campo desolado de que foram arrancados seus pais se nem mesmo eles, vítimas imediatas de caquéticos carrascos que já vão morrendo de causas naturais, quiseram insistir em uma tarefa tão inglória, tão contrafeita. Não se confunda, não venha dizer que quer se instalar por tempo indeterminado, autoexilar-se na migração contrária, deixar-se ficar em sua impoluta passividade até que sinta que se fez justiça, que alguém foi, ou que foram todos, tardia e ridiculamente, vingados. Não se iluda, não pense que nesse isolamento voluntário, nesse tolo sacrifício, estará cumprida sua missão tão precária.

Sobre a mesa, o prato em que garfo e faca se alinham cruzando módicos detritos de batata e carne, o guardanapo de pano, amarfanhado, devolvido à superfície, a cesta de pão com a maior concentração de migalhas, a meia garrafa de vinho já consumida, a taça em que só resta uma tênue nódoa que não será reforçada. Sobre os indícios incontestes de uma indiscreta passagem, alça-se a mão de Sebastián com o polegar e o indicador em contato, a mão impotente oscilando em movimentos laterais e pairando sobre a matéria em desordem, perquirindo sem sucesso a atenção de quem lhe traga a conta.

# 14

Autocomplacente, fraco, servil aos impulsos mais insensatos, acreditara ainda uma vez em uma fuga imediata e tomara o primeiro trem que sobejara à plataforma, rumo a incógnitos arredores cujos nomes nada expressassem, permitindo-se até sorrir quando o sol venceu a imundície do vidro e aqueceu-lhe a face. Aquietara o corpo no assento como para serenar as entranhas e concentrara-se em tudo quanto lhe era externo, antecipando com alguma ansiedade o espaçar dos blocos estanques, o entortar das vias geométricas, a diluição gradual do rigor urbano em uma benquista lassidão campestre. Meia hora de embalo ao vascolejar da máquina resultou francamente inútil. Ao torpor sonolento que o dominava mas não mitigava a inquietude apresentou-se sempre a mesma paisagem, as mesmas ruas sem fim nascendo e morrendo à cadência dos postes próximos, as mesmas árvores esquálidas ressentindo a ausência das folhas, os mesmos letreiros óbvios encimados por propagandas famosas, os mesmos casebres pobres entremeados aos precários negócios. Como se a algum cenógrafo de criatividade minguada houvesse faltado também orçamento, forçando-o a repetir as fachadas seguidas e seguidas e seguidas vezes, paredes e portas e janelas que vão perdendo a cal e enegrecendo, o asfalto corroendo-se e deixando entrever a terra subjacente, as letras desbotando e as fracas luzes de néon tiritando sobre as portadas.

Como escapar se tudo o que o circunda insiste em se reproduzir, indiferente à qualidade das sucessivas cópias e também à legitimidade do modelo que lhes deu origem. Como escapar se o mundo se esmera em transportar-se junto, desfigurando-se a cada quilômetro sem nunca ganhar um semblante novo, sem que nenhuma vicissitude revele qualquer nuance premonitória, qualquer traço inesperado de caráter. De nada lhe adiantaria afastar-se o quanto pudesse, ir parar no vilarejo mais remoto que sua paciência suportasse, entrar na bodega mais pitoresca da viela mais inóspita. Ao seu dispor estariam as mesmas prateleiras desoladas, os mesmos eternos produtos, nas mesmas embalagens ou em outras mais toscas, e um velho encarquilhado que, sem muito interesse, estenderia a mão trêmula para receber suas notas menores. Se perguntado, e em troca de notas maiores, o velho lhe indicaria algum quarto mofado onde ele pudesse passar a noite, um quarto sem janelas semelhante a tantos outros, e de manhã Sebastián despertaria ainda imerso nas emanações de seus sonhos de tédio, lamentando ter de pegar o trem de retorno.

Agora retorna sem ter despendido essas horas frívolas que a tempo sua mente entabulara, retorna não encabulado por sua indecisão de espírito, com que já começa a se acostumar, mas encabulado com a rispidez que se viu exercer nos últimos minutos. Com tal exaspero queria descer do trem que o excluía da cidade, com tal teimosia exigia voltar ao ponto de onde ninguém devia tê-lo feito partir, que pelejou contra o trinco da porta quando ainda se anunciava a próxima estação, saltou no átimo em que a antiquada máquina se deteve, e fez menção de atravessar os trilhos tão logo se mostraram desobstruídos. Ao funcionário que tentou impedi-lo recitando as normas, deu as costas com insolência e dirigiu o gesto brusco de quem não se importa, o antebraço arremessado ao ar e reprimido a meia altura. Alivia-se, enquanto reconstitui essas ações intempestivas, por não ter de se arrepender do impropério não proferido.

Agora retorna por trilhos paralelos e da janela oposta o sol não o alcança, decompondo-se em filamentos de luz e pó que só servem para elidir a transparência do vidro. Do outro lado, secundando-o em rígida simetria, seu próprio espectro a flutuar sobre a ferrovia é por um instante irreconhecível: o sujeito que porta o grosso casaco ainda verde parece um tanto envelhecido, os cabelos cobrindo testa e têmporas e despojando da pele a juventude, a barba cerrada onerando o rosto com uma seriedade excessiva. Até os olhos, que poderiam resguardar uma singularidade última, intimidam-se e recolhem-se à gruta das celhas, convertendo-se em sombras opacas. Sebastián se vislumbra, então, o mesmo homem neutro que percebeu dias antes na imensidão do sebo, o inominado que lhe rendeu uma nova aflição e a asfixia costumeira. São ambos, ou os três, figuras idênticas em sua irrelevância, mais peças a se repetirem no espaço renitente, estampas vazias a se reproduzirem indefinidamente. São ambos, ou os três, ou quantos mais se apresentem, meras mercadorias indigentes, e pior, mercadorias que nem o merceeiro hipotético com suas mãos trêmulas saberia passar adiante.

Mas de nada lhe vale a vertigem do pensamento, em nada redime a desrazão de sua partida, e por isso descuida das inferências decorrentes quando sua atenção recai sobre a mulher que tem à frente, cujos óculos também o refletem: em vez de nutrir-se de novos egoísmos, prefere reparar no modo como as grossas lentes comprimem os olhos dela e os distorcem em graus diferentes, enfeando feições que poderiam ser belas. As linhas afiladas de seu rosto parecem convergir e apontar para aquela única disparidade, aquele único centro de desarmonia que compromete todo o conjunto. No filho adolescente seus traços também não venceram, deixando imperar alguma outra vertente genética, mas o vínculo se faz evidente porque ela insiste em roçar com seu braço o braço dele, alheia à vontade dele de se manter apartado. Protegido por fones que lhe cobrem as orelhas mas pouco abafam a música em volume alto, o garoto redunda entretenimentos dispersando-se no cubo multicor que habilmente maneja.

Impressiona a agilidade com que vai girando cada coluna de cada face do cubo mágico, suas mãos incansáveis a embaralhar as partes, os dedos magros incessantes a acomodar as peças. Quadrados verdes e vermelhos e amarelos e azuis vão oscilando em formações ilógicas, pareando-se e agrupando-se sem aparente afinidade, formando desenhos de escassa originalidade, abstrações transitórias. Sebastián testemunha o furor do rapazote como se acompanhasse uma desconhecida liturgia cromática, incapaz de antecipar os movimentos mais banais, os súbitos câmbios de foco. Por um breve momento desconfia daqueles procedimentos, apressados demais, desesperados talvez, quiçá tributários a um instinto ineficiente, mas se vê obrigado a abandonar esses prognósticos quando uma das cores começa a predominar sobre as outras, em discreto alarde, prenunciando o apoderamento de uma superfície.

Mais uma entre tantas falsas demonstrações de sagacidade, é o que depreende. Quem extravia a atenção na profusão de encaixes laboriosos, quem se deixa levar pelas mãos encantatórias, confunde-se a julgar no artífice da ilusão uma inteligência prolífera, enérgica como seus atos. Quer acreditar que o outro esteja resolvendo nesse instante, com a ânsia de seus músculos e nervos, uma série de equações complexas convertidas em problemas práticos. Esquece que se trata de um mero exercício da memória, que o outro apenas cumpre orientações decoradas, aplica à exaustão umas tantas regras básicas. Ignora que o executor do cubo tido por mágico trai a si mesmo obedecendo a axiomas e dogmas, contraria suas suposições e tendências submetendo-se a um simples jogo de repetições, anula-se ao realizar tão somente o que lhe pedem, o que dele esperam os espectadores ávidos.

Arguto, mais arguto que o mais competente organizador das cores do hexaedro, prossegue Sebastián pressagiando a temeridade do argumento, seria quem desenvolvesse com essas mesmas variáveis algum desenho novo que não o dos lados uniformes, ou alguma regra nova que surpreendesse os aficionados ainda que os levasse ao mesmo efeito. Como neste específico caso, entretanto, as possibilidades parecem muito limitadas, como é possível supor que desde sua criação já se tenham efetuado todos os experimentos e já se tenham mapeado todos os meandros de tal cubo matemático, o sujeito decidido a exercitar sua argúcia fatalmente dará em uma encruzilhada. Poderá empenhar-se ao máximo em conhecer o panteão de soluções existentes e procurar com teimosia alguma brecha desatendida pelos peritos, sob o risco de nunca encontrá-la e de se especializar em ínfimos dados históricos. Ou poderá se valer de uma ingenuidade estratégica, desconhecendo os métodos consolidados e não se deixando contagiar por soluções dadas a priori, entusiasmando-se com suas próprias descobertas e conquistas, mas sem nunca saber se ideou saídas novas ou se apenas repetiu velhas fórmulas, o que reduz o alcance de seus propósitos e o relega à esfera do interesse pessoal estrito. De ambos os modos estará condenado, entre o formalismo inócuo e o solipsismo.

Concluir o raciocínio em nada o conforta; pelo contrário, está mais atordoado que antes quando soergue o corpo que deslizou pelo assento e volta a fitar o garoto. Observando, entre as abóbodas formadas por seus dedos arqueados, o cubo que conta ao menos com três partes homogêneas, Sebastián não é capaz de conter uma incompreensível contrariedade, alguma injusta raiva que ele tenta esconder da mãe, ressabiada com tanta sondagem. Não é difícil, nessas circunstâncias, privar a diminuta família de seus olhares, agora que suas relações foram interpretadas, agora que o brinquedo do menino se sabe previsível, agora que a conclusão devida de seu jogo se anuncia irrevogável. Se nada tem a acrescentar, melhor seria que não se rendesse a uma completude tão fácil, que não malgastasse seus cautos labores no banal preenchimento do quarto, do quinto lado, da sexta face que deveria sair automática, consequência imediata das demais. Melhor seria que abandonasse seu cubo tal como está, em sua possível beleza idiossincrática, ou que nunca o tivesse tirado de uma gaveta esquecida para dele fazer um objeto a mais, um produto a mais, neste mundo tão saturado.

Alguma injusta raiva era o que sentia, recorda Sebastián enquanto caminha por outras paragens, tendo deixado o trem com a mesma pressa e na mesma estación Retiro em que iniciara a malograda viagem dentro de sua viagem já malograda. Tendo cruzado, também, uma ampla praça em que um relógio, uma bandeira e uma estátua suplantavam as árvores ressecadas, sabendo-se a todo o tempo perseguido por sua sombra inelutável e talvez por isso, na perseverante perversão de escapar do inescapável, tendo se embrenhado na aglomeração da calle Florida. Deixa ou quer deixar que suas pernas o guiem, e suas pernas escolhem um eixo equidistante às laterais da via, onde ele está mais protegido do assalto das vitrines festivas e pode aplicar-se a esquivar os torsos corrediços. Vai de cabeça baixa calculando as proximidades indevidas e assim se defendendo, inclusive, do espalhafato publicitário que acabaria por achar nocivo.

Alguma injusta raiva, uma incompreensível contrariedade, recorda ter reconhecido em si ante a presença do garoto e seu divertimento distraído, mas agora está disposto a ventilar hipóteses mais precisas e a encontrar explicações que o satisfaçam. É claro que associava a ele, sem fundamentos defensáveis, outros membros mais lamentáveis de nossa sociedade, contrários aos princípios que alguma vez avaliou, e talvez ainda avalie, os mais auspiciosos para a vida e para a arte; é claro que confundia sua prática inocente com outras práticas de resultado mais nefasto ou, se não tanto, em que pese sua inutilidade, com atividades que lhe são mais caras. Mas o fato é que tampouco o menino, em seu espírito incomparado, em sua natureza desafetada, tampouco o menino se salvava: com a percepção voltada inteiramente ao cubo e selada pelos auriculares, desatento a tudo o que se evadisse de sua manipulação direta, aquele menino era um expoente da alienação e do descompromisso.

Não, Sebastián está cansado de repetir seus vícios. A cada vez que despeja sobre o outro sua pesada carga de juízos, a cada vez que vasculha seu repertório depreciativo em busca de cismas plausíveis, o que faz é ausentar-se da condição de alvo principal das críticas, é furtar-se à verdade mais dolorida. Tanto melhor resumir o processo e questionar-se: será ele próprio um expoente da alienação e do descompromisso? Ninguém suspeitaria, o homem sério subsumido em pensamentos, o sujeito tão convicto que em meio à gente abre caminho, ninguém suspeitaria que esse homem está alheio ao rumo que suas pernas definem e alheio ao rumo das demais pernas, que neste instante desconhece seus princípios e seus fins, que está perdido e sabe que está perdido ainda que possa situar-se no mapa que lhe deem. Ninguém que acompanhasse seu constante ir e vir intuiria sua tão profunda incapacidade motriz. Ninguém, Sebastián cogita, mas bastaria observar seus olhos a perscrutar o mundo, o modo como dedica um mero segundo a cada esquina e acredita tê-la conhecido, ou o modo exaustivo como se prende a um detalhe oblíquo, um detalhe qualquer, o outro, há tempos esvaecido. Bastaria observar a arbitrariedade com que enquadra e domestica seus sentidos para compreender quão pouco lhe interessa o mundo, a esquina, o outro, se contrastados consigo mesmo, com seus próprios domínios.

E tornam-se ridículos alguns de seus julgamentos recentes, faltos da mais frouxa autocrítica. Em que diferirie ele, por exemplo, do velho do restaurante que estipulara omisso em tempos terríveis? Se esta década de miséria e crise não é, não deve ser, menos terrível que aquela da violência repressiva, se em cada rua, alguém disse, pelas calçadas, em cada beco indistinto, em cada barraco mal iluminado, mulheres e homens sobrevivem em condições inauditas. Como pode Sebastián passear impassível em meio às vítimas urdindo apenas seus próprios dramas sovinas, indiferente aos ecos, decerto audíveis, dos torturados gritos? Será possível que ele, e não o velho desconhecido, e não o menino, ele no auge de seu pequeno poder pessoal, ele do alto de sua formação humanística, se desperdice em cavilações infrutíferas sobre sua vida sem conflitos e sobre uma retidão essencial à criação artística? E, desacredite, inseri-las no pretenso livro, no livro que não progride, nada repararia. Se nem conhece as tais vítimas, se uma ou duas vezes entrou em suas precárias moradas e também acabou por selar os ouvidos, e se os becos de noite ou de dia parecem trancar-se a sua vista, que horríveis clichês se esperaria, e por que ilusão desmedida: falar delas seria sempre falar de si.

E lhe parece grotesco que há alguns dias, quantos dias seriam?, tenha se defrontado com uma dessas crianças maltrapilhas que pela cidade resistem e tenha acreditado que seria ele o mais indicado a ajudá-la em sua condição deplorável, ele um membro emérito da minoria engajada que desenvolveria políticas para atenuar a situação inadmissível. Quanta desfaçatez, que atroz cinismo, semelhante ao cinismo que agora o leva a balbuciar *deplorável*, a sussurrar *inadmissível*, quando sequer o narrador mais concessivo consideraria que Sebastián de fato deplorou alguma coisa, que lastimou ou se sentiu aflito diante do pequeno pedinte, menos ainda que não haja admitido aquela situação como uma entre as tantas possíveis. Se bem se lembra da ocasião, e é com pesar que o assume, vangloriou-se da naturalidade com que negara à criança qualquer auxílio e voltou a seu monólogo mudo e descontínuo, a sua lamúria insensível, a seu catálogo habitual de mesquinharias.

Para enquanto pode, sem saída disponível — por muito que lhe agradem os paradoxos, acossando a si mesmo não se evadirá de onde quer que seja. *Para*, é o que recita, mas o brado previsto sai como um sopro de uma única sílaba. Para de corpo inteiro e leva a mão ao tórax que de novo se interdita, avesso ao alento, como se o pescoço por demais torcido lhe trancasse a garganta, como se tivesse de erguer o queixo e descolar os lábios para que o vento adentre. Não o pensa, ou pretensamente não o pensa, mas quer deixar-se ir e esquivar os pensamentos, quer não julgar tão depressa, quer suspender toda sentença. Quer devolver a seus sentidos a liberdade que alguma vez tiveram, se alguma vez a tiveram e se ela ainda pode ser alcançada, a inocência do corpo sem palavras, a inocência do corpo, a inocência.

Quer retomar os passos, e os retoma, fazendo-se receptáculo das aparências, prestando o olhar à oscilação das figuras móveis, ao ir e vir dos ombros que se entrecruzam rentes, à leveza das cabeleiras esvoaçantes, ao balanço de quadris feminis que redescobre com algum deleite. Com todo empenho se concentra em seu descentramento, forçando-se a vagar como se ocioso ou desatento, entregando-se à fantasia do despropósito, incorporando ou fingindo incorporar o improvável *flâneur* imprevidente.

Sim, se está fadado à falsidade, destinado ao inautêntico, se suas palavras e suas ideias mais extremas estarão sempre carentes de valor político, mais lhe vale a amoralidade do *flâneur*, sua concisão de preceitos, seu direito à inconsequência. Disso não deve se convencer, ele sabe, deve entranhá-lo empiricamente. Deve deixar que a multiplicidade de compleições diferentes, a senhora envolta em peles que desfila alguns metros adiante, a menina que se lambuza com o sorvete, o casal de dançarinos assistido pelo público benevolente, o bêbado inconspícuo estirado à sarjeta, deve deixar que existam simplesmente e, contrariando toda tendência, deixar que na curva convexa de seus olhos se espelhem e se engrandeçam. Deve calar-se, enfim, e se quiser dar algum uso à sua presença, que não seja o de juiz inclemente disposto a fazer-se réu, que seja o de testemunha legítima de seu tempo.

É conveniente que o constate justo no instante em que chega ao centro, ao centro do centro, avistando à esquerda o edifício róseo que testifica a Plaza de Mayo. A alguma distância, em meio à praça, um grupo de pessoas se aglomera para ouvir uma voz aguda que se alça, um discurso que Sebastián detecta mas ainda não compreende. Todas ou quase todas portam um lenço branco à cabeça, um lenço branco com inscrições azuis ilegíveis, e se manifestam em ovações periódicas aprovando as declarações um pouco mais intensas. São mulheres, em sua maioria, e juntas constituem um protesto pacífico e lento, o mais pacífico e mais lento que Sebastián já pôde ver, ou isso é o que julga sem ponderar arrependimentos. Sobrelevando-se às demais, uma senhora de expressão serena que remonta a tantas outras que ele poderia recordar, uma senhora de expressão serena entoa seu lamento com firmeza, sem que a voz fraqueje, sem se perder em incongruências — como se o viesse fazendo, e decerto o vem fazendo, há quantas décadas. Suas frases são curtas e coerentes, mas vão tecendo uma verdade complexa sobre filhos e netos, sobre desaparecidos, sobre tumbas e feridas e veias abertas.

Quando termina é aplaudida com vigor calculado, as mãos acostumadas ao mesmo aplauso de tantas vezes. Por um momento parece impertinente que alguém se atreva a falar, como se uma continuidade mais célere pudesse imputar algum desrespeito. Sebastián se sente bem entre elas, sente algo como um pertencimento, uma comunhão, e permanece cabisbaixo como se velasse a morte de um ente incerto.

Não acabou de pensá-lo quando uma mulher mais jovem pede licença. Com aparente timidez e toda paciência, vai se deslocando entre a gente até um ponto mais visível, subindo-se a um banco para compensar a estatura insuficiente. Seu semblante é quase neutro, inexpressivo, e o modo como inicia seu discurso, *"Otros, ellos, antes, podían"*, parece indicar uma insegurança, uma propensão ao titubeio. Mas seu rosto logo adquire o fervor que marcará seu prelúdio contundente. *"Nos estafaban, nos subyugaban, nos explotaban, nos relegaban al silencio. Esto ya es pasado, no el presente y no el futuro. No los estafamos y no los estafaremos, no los subyugamos y no los subyugaremos, no los explotamos y no los explotaremos, pero tendrán que oír nuestras protestas, tendrán que escuchar y aguantarse como puedan, porque, esto sí, de ellos será la impotencia, de ellos será la confusión, el aturdimiento, la intermitencia, de ellos será el silencio."*

# 15

Avança, ou como se avançasse, avança com dificuldade por um corredor de paredes instáveis, paredes que se abrem e se fecham, se afastam e se aproximam, convergem e divergem em movimentos tortuosos que lhe dão vertigem. Cada passo seu inaugura um novo espaço e lhe exige adaptação imediata, antecipar as curvas súbitas e os zigue-zagues, atender à trilha que se enreda em espiral, esquivar os muros impenetráveis. O choque dos sapatos contra o assoalho determina câmbios instantâneos de cenário, plácido, básico, pútrido, sórdido, câmbios que ele ignora porque tem de seguir impávido, distanciar-se o quanto possa de quem se mostra em seu encalço. É a porteira quem o persegue pelo sendeiro tão mutável, precipitando as pernas curtas e muito ágeis, a cada instante mais próxima do menino apavorado, mas o homem que o encarna pode mais e quer safar-se. Contra as paredes arremete as mãos para se adiantar à trajetória, sentindo com a palma a variação das rugosidades, o modo como a superfície se desagrega e se converte em gosma, matéria pastosa de um casulo que envolve dedos, envolve punhos, quer afogá-lo pelos antebraços. Foram capturados, agora, menino e homem transformados em larva e encurralados numa esquina abaulada, prestes a serem esmagados por uma alpargata diminuta e desgastada. Mas a porteira não quer esmagá-lo e, incapaz de qualquer maldade, recolhe-o do chão sem precisar se agachar. Quer aprochegá-lo ao peito e impossivelmente abraçá-lo, mas ele se debate com seus membros limitados de larva, se revolve e se revolta como se também o abraço implicasse a morte, se encolhe e se segrega na espiral de seu próprio corpo curvado ao máximo.

Como se as coxas comprimissem o abdome e impulsassem o diafragma, como se os joelhos se encravassem no peito e impedissem a expiração, sufoca ou como se sufocasse se sobressalta, estirado na cama em perfeita ordem. Por um momento não reconhece a penumbra densa onde tem passado as noites, e de olhos baços perscruta o ambiente à procura de sinais que o localizem. Repetidas vezes deixa cair as pestanas e volta a erguê-las, cortinas pesadas que velam e desvelam os objetos indecifráveis, pálpebras ou cortinas que se detêm quando um vulto começa a se firmar no centro do espaço. A porteira é quem se revela ante seus olhos, vacilante e anuviada, apoiada à escrivaninha com seu tronco retesado, mas o que fará a porteira em seu quarto em plena madrugada? Tem os braços caídos e não parece querer se achegar, então para que terá se valido de sua chave e lhe invadido a casa?

Em segundos se descumpre a metamorfose e o vulto vai perdendo seu poder ilusório, apenas mangas, nenhum braço, seu próprio corpo descarnado, seu invólucro: seu casaco vestindo a cadeira e delineando uma silhueta no quarto sombreado. Nada o impele a se levantar, nenhum motivo para desertar o sono em seu estágio intermediário, ainda assim afasta os lençóis e pousa os pés descalços sobre o piso de tacos, estremecendo pela frieza inesperada. Arrimando-se à parede com a mão espalmada chega até a porta, mas já conhece as sinuosidades que o aguardam e se priva de acessar o interruptor. Em vez disso cruza o batente e vai atravessando a escuridão do hall, medindo sem propósito o peso dos passos, evitando incomodar algum coabitante remoto. As pestanas ainda tombam para aliviar um ardor dos olhos, e a cada vez que os cílios se encostam se encostam também universos esparsos, vertigens sem razão, paredes que se arrastam, sutis remissões de um mundo imaginário à rígida realidade.

Para enfim acordar, precisa se fustigar com a água gelada aderida ao cano, água estancada, uma primeira e áspera golfada que enche suas mãos em concha e que ele não hesita em dispersar pela face. No espelho, quando enfim as pálpebras cedem e as pupilas se adaptam, a cara que ele não se empenha em identificar aparece singrada por pardos traços verticais. Desconfiando da imagem inverossímil à iluminação natural tão parca, Sebastián acende a luz e vê seu rosto tomado por manchas alaranjadas, gotas de barro ou ferrugem que escorreram pela pele e se acumulam na fronteira superior da grossa barba. Enquanto se lava com os jorros seguintes que aos poucos se fazem mais diáfanos, vai compreendendo a ocorrência um tanto exótica e dá-se conta de estar em um cômodo improvável, o ínfimo lavabo, ambiente que não lhe é estranho mas que pertence a um passado distante, lugar de uma anterioridade inalcançável. Um espaço que ignorou por completo neste período recente em que tem ocupado o apartamento, que esqueceu embora não estivesse escondido ou camuflado, um recinto apartado que decerto percebeu com os sentidos, mas a que não dedicou nem um módico reflexo, nenhum pensamento insensato. Pouco mais ou pouco menos que um vazio, uma obturação da atenção ou da memória, uma ausência incrustada no âmago da casa.

Não era, não podia ser assim tão apertado, de dimensões tão reduzidas o lavabo, como se os anos tivessem se ocupado de aproximar as frágeis paredes intactas, de constringir o lapso que as separa, sem nunca chegar a extingui-lo, mas reduzindo-o a uma exiguidade essencial. Deste ambiente dispõe de uma única imagem, despertada neste instante de algum outro canto recôndito, de uma ausência incrustada no âmago da mente: a imagem de um banheiro anguloso visto de baixo, da esquina tão estreita contígua ao vaso. Ali se recolheu em uma longínqua madrugada, sim, com seus ombros encaixados entre o tabique e a privada, abraçou as próprias pernas e abrigou o rosto entre os joelhos. Chorou, lembra que chorava gotas escassas de desamparo até se destemperar, que logo o pranto se estridulava, percutindo em seus tímpanos, e as lágrimas escorriam desenfreadas. Lembra, decerto equivocado, que tinha rosto, joelhos e pernas empapados, que seu pijama estava molhado por algo que talvez não fosse água. Lembra que ele, mais minguado que o espaço que o circundava, oprimido pelas paredes que o enregelavam, lembra que tiritava.

Despertara, o menino, despertara saiba-se lá de que sonhos aflitivos e erráticos, de que sonhos inventados, despertara com sua cama transformada em cálido charco. Fraquejara: tendo repetido esse seu deslize tão vexatório, tendo sucumbido à fraqueza recorrente de anos ainda mais remotos, decidira infringir também as normas extraordinárias e transpor as portas que a essa hora lhe estariam vedadas. Tudo bem que a mãe não o ninasse, que já não pudesse aguardar até que o sono o embalasse, que não curvasse a coluna para que o lóbulo tão suave estivesse ao alcance de seu curto braço. Muito menos lhe bastaria: que lhe fosse autorizado entrar no quarto dela e, com o breu a esconder-lhe a vermelhidão da face, quando os dedos enfim se entrelaçassem, confessar-se. Dizer, quiçá sem palavras, que alguma coisa estava errada, que algo incerto o perturbava e que ele voltara a se molhar.

Com cuidado maior do que lhe era de hábito, preservando o silêncio profundo que o cercava, o menino assomou à entrada do dormitório e cegamente tratou de espiar. Sem saber se recebera a autorização devida persistiu em seus passos, dando a volta na cama e tentando não tropeçar nos livros fechados, abandonados, livros espalhados por toda parte cujo volume ele adivinhava com os dedões ou os calcanhares. Já intuía que seria frustrado quando chegou ao canto do colchão e apalpou os lençóis lisos demais: a mãe não estava lá. Deteve-se de imediato, assustado, descobrindo a escuridão mais selvática em que estava imerso, como se a ausência do único corpo almejado asseverasse certa povoação, alguma densidade, anunciando a existência de corpos indesejados, agravando a consistência das sombras. Conformando uma noite mais espessa feita de seres desconhecidos dispostos a assaltá-lo, a se impingirem todos de uma vez como uma massa amorfa contra seus olhos.

Pode agora imaginá-lo arremetendo os braços em desespero incalculado, arrojando as mãos em movimentos anárquicos que aos poucos se tornam mais programáticos, chutando ou repisando os livros esparramados, despenhando-se pé ante pé para fora do dormitório. Pode imaginar-se refazendo o círculo do apartamento em sua totalidade, esbaforido desde a partida, temeroso de cada recanto sombrio a expandir-se de sob os móveis, mas teimoso e imparável em sua determinação de encontrá-la. Vê-se, com limpidez rara no exercício da memória, perseguindo passos há quantas horas silenciados, percorrendo os caminhos curvos galgados tantas vezes ao dia, irrompendo na sala sem se preocupar com as convenções não sabidas. Valendo-se de seus resquícios de fôlego para vasculhar cada cômodo em que a mãe poderia ter se albergado, na sala de jantar, a cada cômodo o menino mais falto de esperanças, na cozinha, mais tomado pelo desalento, no impossível hall de entrada.

Se calhou de terminar sua busca no lavabo tão pouco frequentado, foi mais porque queria se alienar, encerrar-se em um lugar lacunar e controlável, do que pela expectativa de se ver enfim abraçado. Se chorou, de medo, de solidão ou de raiva, se ele mesmo se abraçou e se entregou a discretas lágrimas, se depois deixou que a voz estridente nutrisse o choro e produzisse alarde, talvez tenha sido pela vontade de se fazer ecoar no ambiente incontrolável, pela promessa de ocupar com seu pranto a casa inteira que ficara desabitada, de afugentar assim seus fantasmas. Quanto tempo esteve ali não é fácil estimar, alguns minutos, alguns quartos de hora, a fração maior de uma extensa velada. Recordando a cena, se é que a recorda, Sebastián já não cabe entre o tabique e a privada e não consegue ver de baixo o cenário, mas é capaz de vislumbrar o apartamento deserto na avessa madrugada, o apartamento em penumbras em que tudo desmaia, em que tudo jaz inanimado, exceto o choro agudo do menino que penetra a sala, a cozinha, os quartos, que transpõe as janelas e alcança a cidade perdendo-se inaudível no espaço.

Quanto tempo esteve ali não é fácil estimar, se o corpo lhe doía pela posição desconfortável, se decidia uma e outra vez levantar-se mas se via paralisado, se aos poucos iam lhe faltando as forças, e lhe faltando a coragem, para liberar-se desse seu claustro voluntário. Alguns minutos, alguns quartos de hora, a fração maior de uma extensa velada, e então por sobre suas manhas e chiados, abafando o sorver periódico de baba que alimentava seu choro, ergueu-se uma voz ressonante, *Seba*, um forte chamado a irromper pela casa, *Seba*, um grito que ainda retumba nos corredores tortuosos de sua memória. Reconhecera já no primeiro brado, *Seba*, a robustez daquele timbre, um vigor que era dele e de nenhum outro, e de imediato soubera que o pai descobrira sua ausência. Pôde vê-lo ou imaginá-lo entrando em seu quarto, *Sebastián*, e não o tendo encontrado na cama enodoada, *Sebastián*, partindo agora apartamento afora em seu encalço. Só não terminava de compreender se aquela ocorrência implicava o fim de seu martírio ou alguma equívoca ameaça, e talvez por isso permanecesse calado.

Quando a porta se abriu e primeiro despontaram os dedos grossos de seu pai, a reação do menino foi se encolher ainda mais, afundar a cara entre os joelhos outorgando-se apenas a mínima brecha por onde enxergar. Fez bem em não fechar os olhos ou desviar o olhar, porque a expressão de alívio divisada no rosto do outro, o sutil desfalecer dos vários músculos faciais, aquele ordinário semblante a se relaxar teve o papel de dissipar-lhe os tantos e tolos pavores e começar a redimir a dor que ameaçava se eternizar. Nenhuma impaciência no suspiro alheio que se prolongava, nenhuma rispidez ou sinal de repreensão, nenhuma severidade ao se acocorar à sua frente e num brando murmúrio indagar-lhe o que acontecia. Mas o menino chorava e envergonhava-se de chorar, não queria que o pai acusasse o nariz a escorrer, a garganta a se embargar, e sua resposta permanecia suspensa até que os desmandos do corpo lhe concedessem chance melhor para segredar.

"*¿Qué pasó, Seba, decime, por qué estás así?*", insistiu o pai no tom mais ameno que a gravidade da voz lhe propiciava, contrariando com seus sussurros o silêncio que antes quisera imperar, bloqueando em sua corpulência o acesso de qualquer ente que o pudesse assombrar. Não parecia ter pressa em lhe passar a palavra. No intuito desastrado de afagar, pousou a mão pesada sobre a cabeça do menino e involuntariamente lhe travou contra o peito o maxilar. Era evidente que se esforçava em tranquilizá-lo recitando frases prontas que o devolvessem à normalidade, ao mundo das orações casuais, "*calma, ya está, ya se acabó, no te preocupes más*". Talvez afoito em extinguir seu penar, antes mesmo de apreciar o efeito dos bordões vagos demais tentou adivinhar-lhe as razões, aproximando-se e afastando-se de alguma esquiva questão central, "*¿los malos sueños otra vez?, ¿te asustaste porque estabas solo?, ¿querías decirle algo a mamá?*", e confiando em que encontrara o motivo apressava-se em remediar: "*Mamá se fue al cuarto a descansar. Si querés, antes que duerma, podés darle un beso de buenas noches.*"

Só quando se passaram alguns segundos incontados e o menino não pareceu se imutar foi que o pai soube que não obteria o assentimento habitual. Sem que lhe ocorresse qualquer alternativa verbal, o que fez foi envolver os ombros do filho entre suas mãos e, com facilidade imprevista, recolhê-lo do chão sem mais se agachar, desprendendo-o da esquina onde se encurralara. A última lágrima terminava seu caminho pela face e parecia prestes a se desgrudar da pele, a abandonar um rosto rígido cuja seriedade o pai nunca antes notara, um rosto impermeável a todo choro, compenetrado e tenso como jamais o vira.

A voz já não se embargaria e enfim o menino parecia conquistar alguma clareza, para além dos medos bobos, da vergonha frívola, das mágoas pequenas. Sua intenção primeira, sua intenção maior era agradecer ao pai por sua simples presença, agradecer que ali estivesse para erguê-lo quando lhe falhavam os membros, quando escasseava o alento, quando a vida parecia ser mera falta, distância entre os corpos, ausência tão somente. Era prezar a complacência do pai ante suas reiteradas fraquezas, dizer que se empenhava em combatê-las apesar de sucumbir quase sempre, dizer que fazia tudo para controlar seus pesares e não complicar ainda mais a vida deles, não sobrepesá-los com suas mesquinhas carências. Sua vontade primeira, sua vontade maior naquele momento, era abraçá-lo e que por uma vez fosse ele o autor do abraço, mais atento ao outro que recebe a pressão de seus fracos músculos do que à amplidão das mãos que o envolvessem.

Queria dizer tantas coisas, mas as palavras não acudiram. Com sobriedade que disfarçava mal seu desespero, limitou-se a exprimir que queria sair dali — *salir*, talvez tenha dito — sem especificar que esse ali não era o banheiro, que queria sair do apartamento e da cidade e do país inteiro, queria desertar essa viagem que se prolongava ao infinito e o mantinha afastado, irremediavelmente, de algum país, de alguma cidade, de algum apartamento, de algum lugar qualquer que, sem nunca de fato sê-lo, pudesse ser o seu.

# 16

Só o silêncio — sem claustros sombrios, sem campos desolados, sem tristes ruínas —, só o silêncio em um apartamento perdido em lineares labirintos, desprovido de qualquer atenção externa e insensível ao rumor de distantes passos desconhecidos. Só o silêncio e um sujeito ostentando seu rosto frio e mortiço, postado em frente à porta de múltiplos vidros, um homem quase monástico que, ainda uma vez, se imobiliza.

Quem o visse, mas quem o veria?, estranharia sua imensa demora em abrir a porta e dar-se à saída. Aos seus olhos reluziria a velha chave de cobre, suspensa a meia altura entre o polegar e o indicador, e uma atração irresistível animaria sua progressão de poucos centímetros até a fechadura. Aos seus olhos também não teria sentido que neste instante, tendo preparado com tanto zelo a mala que carrega e tendo inspecionado a casa inteira para garantir que nada esquecia, não teria sentido que neste instante tão tardio o sujeito depositasse a mala no chão e decidisse adiar a partida. E, no entanto, frustrando esse vácuo de expectativas, frustrando todo o torpor das arrumações de despedida, frustrando o silêncio que tencionava expandir seus domínios a todo esse espaço de desvalia, no entanto, o sujeito deposita a mala no chão, devolve a chave ao bolso e sem pressa aparente investe as pernas rumo à cozinha.

Não se detém no mesmo ponto onde se deteve antes, junto à mesa de mármore e sua quina, em vez disso encostando nela dois dedos e deixando que corram pela superfície. Não concentra na ponta dos dedos toda a atenção de seus sentidos, empenho que lhe facultaria verificar a impecabilidade da pedra, concluindo assim uma ponderação longínqua e anulando a ilusão pretendida: não houve, talvez não haja nunca, a mais mínima contrapartida. Inútil que, na dura queda do menino, a pedra tenha lhe talhado a testa e imprimido sua marca tão distinta. Acidente trivial, peripécia desimportante, fratura corriqueira do destino. À rijeza da pedra, à sua eterna soberania, suas ocorrências serão sempre indiferentes; na pedra, ou em qualquer superfície semelhante, as marcas do menino hão de ser sempre indistintas.

Mas nem o homem nem o menino fixam os dedos na aresta da mesa — ninguém quer lhe dedicar a inferência mais ínfima — e com ligeireza, sem encurtar passos, o sujeito chega à sala de jantar. Como esta é passagem inversa à que teimou tomar por hábito, as nuances do ambiente não se mostram tão certas e o sujeito se vê acometido por alguma surpresa, seus olhos fustigados pelo lume que transborda das amplas janelas. Na retidão com que seus movimentos cessam, na presteza com que paralisa as próprias pernas, consta a mesma reação ao susto de outras vezes: choques de luz ou rompentes de sombra provocando o mesmo efeito. Está parado, novamente, está parado e suas costas se alinham ao espelho em ângulo reto, mas como tem os olhos fechados e como a sala carece de qualquer outra presença, de qualquer perspectiva que organize os elementos, o espaço e o homem existem alheios ao espelho, mera placa polida que nada reflete.

O vagar com que abre os olhos em oblíqua espreita por baixo das sobrancelhas, a hesitação em restituir à sala sua plena existência parecem denunciar um sutil receio. Mas o que resta para recear nesta casa já examinada em cada argueiro, o que temer se cada minúcia que assim valesse já foi contemplada e obteve sua dose justa de decorrências, se o cenário, por incomum que fosse, ajustou-se à vista e perdeu sua medida de arrebatamento? As gordas cortinas, por exemplo, que tantas vezes ocultaram os fantasmas do menino, as cortinas que há tão pouco amedrontaram o homem e o forçaram a apelar ao bom senso, essas mesmas cortinas tumescentes agora descaem sem qualquer mistério, naturalizadas entre os demais caracteres, simples panos pendentes. Se há algo a recear detrás das cortinas, se elas podem esconder um temível ente de natureza incerta, esse algo é o mundo além das janelas, a cidade a dilatar-se por vias quase retas e infinitos becos, os homens e as mulheres e seus vários saberes, seus hábitos e suas regras e seus vínculos tão complexos, tantas relações e tantos seres intocados por seu pensamento.

É com vergonha, então, com vergonha ou a timidez de quem assoma ao desconhecido sem permissão prévia, é com vergonha ou timidez que acede ao cômodo seguinte e se aproxima da janela aberta. Como um homem cansado que nada almeja, a cabeça retraída sobre o pescoço um pouco teso, como um homem cujo olhar oscila entre o céu e a via pública e que, entretanto, apesar de tudo, desejaria houvesse ali adiante um cavalo que o arrastasse com tumulto na caravana de seres, devolvendo-o enfim à harmonia humana. Como esse homem que ele recorda de alguma página indelével, mas sem chegar a sê-lo, reavendo a lucidez e a tranquilidade costumeira, calibrando o olhar em um ponto intermédio, o prédio da frente, a sala exposta do vizinho velho que incorpora nesse instante a barafunda de toda gente.

Descansa, o vizinho, recostado em sua ínsita cadeira de balanço, embalado suavemente por uma presumível inércia, empunhando em vez do pincel o controle remoto e extraviando o olhar em uma fonte vacilante de luz obstruída pela parede. Sua pose é de pleno relaxamento, a paz de quem sabe ter cumprido sua tarefa, a paz do engenheiro que ergueu sua ponte, do comerciante que cumulou vendas, do camponês que terminou a colheita, como a ponte e a colheita retratadas outras vezes a tela agora repleta de tinta. Mas que fim dará à tela quando já estiver seca e não servir como elo ou alimento, que fim dará à tela se suas paredes estão todas cobertas e só restará entremeá-la aos tantos outros objetos? É falsa a satisfação que agora sente: não por acaso acordará amanhã, e no dia seguinte, e no dia seguinte, ávido por ferir o branco com mãos inocentes, necessitado de se entregar por inteiro a seu inesgotável projeto. O que resulta do quixotesco empenho, se algo resulta e se vale a pena voltar a entendê-lo, o que resulta, se algo resulta, há de ser sempre insuficiente.

Mas o homem não quer se interromper e, quando dá as costas ao velho para retornar a atenção ao apartamento, o que se destaca não é a imutabilidade dos móveis enumerados por sua mente, não é a resistência da sala em se traduzir em experiência. O que se destaca é um detalhe que se fez furtivo apesar da corpulência, o antigo piano de armário encostado à parede do hall que se apresenta em sequência, o piano abandonado há tantos anos, carente de dedos que o desadormeçam. Se é piano ainda ou caixa absurda de madeira quiçá não seja a pergunta certa, como talvez também não caiba ponderar se, em seu interior, em alguma memória etérea, o piano guarda resquícios das belas melodias ecoadas em sua matéria. O que cabe, o que o homem de fato pondera, é se não haverá mesmo assim alguma beleza no objeto: como uma partitura solta lida pelos olhos sôfregos de um intérprete, o instrumento convertido em pura potência. Se não ganhará assim, pergunta-se, o encanto das obras póstumas a que falta o desfecho, das pinturas com fundo exposto, dos torsos esculpidos tratando para sempre de se libertar do mármore. Se não ganhará assim, conclui, a aura do inacabado, do largado ao meio, do decadente.

Com os mesmos olhos volta a perscrutar os papéis que deixou espalhados sobre a mesa do quarto, achegando-se à porta, apoiando-se com mãos débeis ao batente. Já elencou para si uma série de rigorosas razões para não recolhê-los, aquelas folhas avulsas que de nada lhe servem, suas anotações esparsas e incoesas, seus rascunhos vagos, suas ideias ou predições de ideias descartadas com antecedência. Para que levá-los se só farão persegui-lo em sua indolência? Se para sempre darão testemunho de sua apatia, sua incompetência, desordenado registro do aniquilamento pretérito ou iminente de suas certezas. E, contudo, quer levá-los, sente que quer levá-los e não pode senão se obedecer, passando a reuni-los, condescendente, com dedos trêmulos. Se não é capaz de escrever um romance, que não o escreva, mas que ao menos guarde consigo a evidência de seu empenho, o montante de sua contribuição ao mundo das letras, sua espera fixada no tempo, sua promessa em perpétuo adiamento, seu livro por vir, se ainda lhe vale a soberba.

E com sua mirrada resma alinhada às pressas e apertada junto às costelas, parte o homem sem mais delongas até a porta da frente, sem vasculhar o merencório quarto de seus pais ou os ermos banheiros, como se agora qualquer desvio implicasse uma digressão sem cabimento, como se este último e vexado ato justificasse em segredo a volta completa. Apanha a mala, empunha a chave e não se lembra do menino que há tantos anos precipitou-se pelo mesmo vão recém-aberto, não se lembra se seus lábios dispensaram um bafo cálido de desafogo, se espiou com desassossego sobre os ombros e ainda quis guardar um derradeiro retrato do ambiente de seus pesadelos. A partir deste instante, embora não o sopese, esta confluência peculiar de aspectos, texturas e cheiros, as reminiscências sensoriais que constituem o apartamento o remeterão muito mais a esta breve passagem que se encerra, e que em nada se ressalta no curso amplo dos acontecimentos, que a uma infância remota ou a uma primitiva vivência.

Mas não pensa nesta perda de seu inconsciente ou de sua história quando fecha a porta às costas e, pelo olho mágico a que ninguém atenta, uma última imagem sua poderia se projetar casa adentro. Sai como quem escapa de um longo e forçoso confinamento sem rememorar seus escassos desenredos, sai sem lamentar o silêncio que assevera e adensa, e nem chega a ruminá-lo quando está submetido a um novo confim e a um novo silêncio, feito de estalos maquinais, ruídos mecânicos, o rangido vazio dos instrumentos. Bailam ante seus olhos as grades e seus desenhos, triângulos, losangos, trapézios e outra forma fixa cujo nome não lhe vem, oscilam as sombras alterando as paredes que ameaçam se lançar contra ele. Angústia é o que o homem sente, angosto o elevador que o contém, mas achar-lhe a palavra e a pronta figura em nada desfaz o sentimento, a vertigem em destempo, a ligeira náusea que sobe pelo esôfago e na garganta vai se deter.

Ninguém o vê, ninguém narra a luz difusa que lhe alveja a fronte e se propaga pelos cabelos, ninguém descreve a face pálida lavada de ênfase, despida do sangue que lhe avive a pele. Sem mover as mãos e sem ainda poder liberar-se da cela em que se prendeu, o homem aspira profundamente e, antes que o sopro se converta em suspiro, antes que alguém apareça e atrapalhe o momento, antes que suas negações insistentes invalidem o pensamento, engole a própria náusea, assume a angústia e compreende que as paredes que o circundam serão para sempre o cenário autêntico não de uma perda, mas de uma derrota, ingente e desprezível a um só tempo, eloquente e indizível a um só tempo, uma derrota que, se não o justifica ante os outros, ao menos o devolve aos limites de si mesmo.

Este livro foi composto na tipologia Minion Pro,
em corpo 11/14,4, e impresso em papel off-white $90g/m^2$
no Sistema Cameron da Divisão Gráfica
da Distribuidora Record.